国际大奖小说

纽伯瑞儿童文学奖银奖

贝丝丫头

Philip Hall Likes Me,
I Reckon Maybe

[美] 贝特·格林 / 著

吴祯祥 / 译

天津出版传媒集团

新蕾出版社

图书在版编目 (CIP) 数据

贝丝丫头/(美)格林(Greene,B.)著;吴祯祥译.
—天津:新蕾出版社,2011.4(2024.7 重印)
(国际大奖小说)
书名原文:Philip Hall Likes Me, I Reckon Maybe
ISBN 978-7-5307-5061-2

Ⅰ.①贝…
Ⅱ.①格…②吴…
Ⅲ.①儿童文学–长篇小说–美国–现代
Ⅳ.①I712.84
中国版本图书馆 CIP 数据核字(2011)第 034168 号

津图登字:02–2007–128

出版发行:天津出版传媒集团
　　　　　　新蕾出版社
http://www.newbuds.com.cn
地　　址:天津市和平区西康路 35 号(300051)
出 版 人:马玉秀
电　　话:总编办(022)23332422
　　　　　　发行部(022)23332351　23332679
传　　真:(022)23332422
经　　销:全国新华书店
印　　刷:天津新华印务有限公司
开　　本:880mm×1230mm　1/32
字　　数:60 千字
印　　张:4
版　　次:2011 年 4 月第 1 版　2024 年 7 月第 23 次印刷
定　　价:20.00 元

前言

国际大奖小说

一辈子的书

梅子涵

亲近文学

一个希望优秀的人,是应该亲近文学的。亲近文学的方式当然就是阅读。阅读那些经典和杰作,在故事和语言间得到和世俗不一样的气息,优雅的心情和感觉在这同时也就滋生出来;还有很多的智慧和见解,是你在受教育的课堂上和别的书里难以如此生动和有趣地看见的。慢慢地,慢慢地,这阅读就使你有了格调,有了不平庸的眼睛。其实谁不知道,十有八九你是不可能成为一个文学家的,而是当了电脑工程师、建筑设计师……可是亲近文学怎么就是为了要成为文学家,成为一个写小说的人呢?文学是抚摸所有人的灵魂的,如果真有一种叫作"灵魂"的东西的话。文学是这样的一盏灯,只要你亲近过它,那么不管你是在怎样的境遇里,每天从事

贝丝丫头

怎样的职业和怎样地操持，是设计房子还是打制家具，它都会无声无息地照亮你，使你可能为一个城市、一个家庭的房间又添置了经典，添置了可以供世代的人去欣赏和享受的美，而不是才过了几年，人们已经在说，哎哟，好难看哟！

谁会不想要这样的一盏灯呢？

阅读优秀

文学是很丰富的，各种各样。但是它又的确分成优秀和平庸。我们哪怕可以活上三百岁，有很充裕的时间，还是有理由只阅读优秀的，而拒绝平庸的。所以一代一代年长的人总是劝说年轻的人："阅读经典！"这是他们的前人告诉他们的，他们也有了深切的体会，所以再来告诉他们的后代。

这是人类的生命关怀。

美国诗人惠特曼有一首诗：《有一个孩子向前走去》。诗里说：

有一个孩子每天向前走去，

他看见最初的东西，他就变成那东西，

那东西就变成了他的一部分……

如果是早开的紫丁香，那么它会变成这个孩子的一部分;如果是杂乱的野草,那么它也会变成这个孩子的一部分。

我们都想看见一个孩子一步步地走进经典里去,走进优秀。

优秀和经典的书,不是只有那些很久年代以前的才是,只是安徒生,只是托尔斯泰,只是鲁迅;当代也有不少。只不过是我们不知道,所以没有告诉你;你的父母不知道,所以没有告诉你;你的老师可能也不知道,所以也没有告诉你。我们都已经看见了这种"不知道"所造成的阅读的稀少了。我们很焦急,所以我们总是非常热心地对你们说,它们在哪里,是什么书名,在哪儿可以买到。我就好想为你们开一张大书单,可以供你们去寻找、得到。像英国作家斯蒂文生写的那个李利一样,每天快要天黑的时候,他就拿着提灯和梯子走过来,在每一家的门口,把街灯点亮。我们也想当一个点灯的人,让你们在光亮中可以看见,看见那一本本被奇特地写出来的书,夜晚梦见里面的故事,白天的时候也必然想起和流连。一个孩子一天天地向前走去,长大了,很有知识,很有技能,还善良和有诗意,语言斯文……

同样是长大,那会多么不一样!

自己的书

优秀的文学书,也有不同。有很多是写给成年人的,也有专门写给孩子和青少年的。专门为孩子和青少年写文学书,不是从古就有的,而是历史不长。可是已经写出来的足以称得上琳琅和灿烂了。它可以算作是这二三百年来我们的文学里最值得炫耀的事情之一,几乎任何一本统计世纪文学成就的大书里都不会忘记写上这一笔,而且写上一个个具体的灿烂书名。

它们是我们自己的书。合乎年纪,合乎趣味,快活地笑或是严肃地思考,都是立在敬重我们生命的角度,不假冒天真,也不故意深刻。

它们是长大的人一生忘记不了的书,长大以后,他们才知道,原来这样的书,这些书里的故事和美妙,在长大之后读的文学书里再难遇见,可是因为他们读过了,所以没有遗憾。他们会这样劝说:"读一读吧,要不会遗憾的。"

我们不要像安徒生写的那棵小枞树,老急着长大,老以为自己已经长大,不理睬照射它的那么温暖的太阳光和充分的新鲜空气,连飞翔过去的小鸟,和早晨与晚间飘过去的红云也一点儿都不感兴趣,老想着我长大

了,我长大了。

"请你跟我们一道享受你的生活吧!"太阳光说。

"请你在自由中享受你新鲜的青春吧!"空气说。

"请你尽情地阅读属于你的年龄的文学书吧!"梅子涵说。

现在的这些"国际大奖小说"就是这样的书。

它们真是非常好,读完了,放进你自己的书架,你永远也不会抽离的。

很多年后,你当父亲、母亲了,你会对儿子、女儿说:"读一读它们,我的孩子!"

你还会当爷爷、奶奶、外公和外婆,你会对孙辈们说:"读一读它们吧,我都珍藏了一辈子了!"

一辈子的书。

005　贝丝丫头

Philip Hall Likes Me,
I Reckon Maybe

目录
贝丝丫头

第一章

我的好友菲利普

　　早餐的时候,妈妈把一碗热腾腾的麦片粥,放在铺着花布的餐桌上,并且对我说:"贝丝,你今天上课要认真一点儿,我不希望我的女儿,满脑子只想着那个叫霍尔的男孩。"

　　我只顾着把蜂蜜倒进麦片粥里,开始享用我的早餐。

　　"喂!小姑娘,我在对你说话,听见了没有?"妈妈提高嗓门说。

　　"我听到了!可是菲利普是我的朋友,而且……"

　　妈妈很不耐烦地摇头说:"贝丝小姐,你做任何事看起来都那么聪明,为什么碰到菲利普·霍尔就变得这么呆?"

　　"才不是这样!"我说。

　　"就是这样!"妈妈反驳说,"你难道看不出来,要不是葛登或是他那帮死党不在,没人和他闹了,他才不会

要你陪他。"

"谁说的?!"我把汤匙用力地甩到碗里,大声辩解,"我认为菲利普可能有点儿喜欢我,他常邀请我到他的农场去,难道是骗人的吗?"

妈妈把双手叉在她的水桶腰上说:"这正是我要提醒你的一件事,他就是这样利用你去帮他做家务!"

"这个嘛……我一点儿都不在意。"我告诉妈妈,"我工作的时候,他总是在旁边弹吉他唱歌给我听,蛮不错的。"

妈妈摇摇头,用她乌黑粗壮的手臂搂着我说:"不说了,你和姐姐最好快点儿出门,否则赶不上校车了。"她在我的脸颊上轻轻亲了一下说:"快去!"

爸爸提着破铁桶正在外面喂猪,当他看见安妮就大声说:"啊哈!这位衣着端庄的小美人是谁啊?"

安妮羞答答地说:"哎呀!老爸别拿我开心啦……"

然后,爸爸看着我问:"咦,这位穿着旧牛仔裤的俏妞,又是哪家的姑娘啊?"

我说:"是你两千金当中的一位,还要更多的提示吗?"

爸爸露出一排白牙笑着说:"再来一点点提示吧!"

"强森小姐班上,那个算术、拼音、阅读都拿第二名的女儿呀!"

　　爸爸用袖子拭去额头上的汗水说:"这会儿你又要告诉我,样样拿第一的是个叫霍尔的男生喽?"

　　"他真的很厉害,样样都拿第一。"我对爸爸说。但是爸爸的问题却让我想起一件从来没想过的事,菲利普·霍尔样样比我强,是不是我故意让他的?因为我怕如果赢过他,他就不再喜欢我了?嗯……不对,笨蛋才有这种想法。

　　从我家院子通往霍尔先生农场的那条小路,因为刮风而尘土飞扬。记得很久以前妈妈曾告诉我,在干旱的季节,有一种方法可以躲开风沙的吹打,那就是沿着路旁的草地走。虽然远了一点儿,但至少走到大马路的时候,不会被弄得灰头土脸。

　　走着走着,我看到远处的马路上,有一件鲜艳如口红的衬衫在飞扬,我一眼便看出了那是谁。"嘿!菲利普!菲利普!"我大声喊他。

　　他一定听到了我在叫他,所以也跳上跳下地挥手。我听到他大叫:"赶快跑,赶快跑!"等我跑近一点儿的时候,又看到他指着马路远方嚷道:"校车来了!"

　　我好像一只在感恩节被追杀的火鸡一样,抱紧课本和饭盒,对安妮说:"我们赶快跑呀!"但是姐姐并没有跟我一起跑。好吧!反正赶不上校车是她自己的事,我倒要跑快一点儿,不然就得走五公里的路到学校了。我在尘

土飞扬的小路上狂奔,脚底激起更多灰尘,使我不得不
憋住气,结果一不小心张开了嘴,吃了满嘴的飞沙。"咳!
咳!"

菲利普用力挥着手喊道:"贝丝加油啊!跑,快点儿!"

我要加油,绝不能让亲爱的菲利普失望。我上气不

接下气地跑,"咳!咳!"鼻子、喉咙全都是沙子。菲利普还在大叫:"校车就快到站了,赶快跑呀!"

就快到了,我不能放弃,再努力一点儿!噢!不好了,有什么东西跑进了我的右眼。我多想躺到路边草地休息一下,把眼睛里的东西弄出来,呼吸一下新鲜空气。但是我知道不能这样,只好继续跑,一直到……一直到我跑上了大马路!

等我把眼睛里的脏东西弄掉后,往大马路的远处看过去,结果一点儿鬼影也没有。"在哪里……校车在哪里?"我喘着气问菲利普。

菲利普一脸正经——不,应该说是装出一脸正经的样子。他紧咬着嘴唇,免得自己大笑出来。最后他还是憋不住了:"哈!哈!哈!上当了!看你跑得像个飞毛腿,真滑稽!哈!哈!哈!"

"你!你!你这个大坏蛋,坏透了!"我气呼呼地大骂。菲利普吃惊地说:"原来你经不起玩笑?"

"菲利普·霍尔,那不叫开玩笑,那叫卑鄙下流!"这时候我真想把他推到路旁的小水沟里。

"我以为你是个经得起别人开玩笑的女孩。"菲利普说。

"我当然经得住!就跟你们所有的男生一样。"我一边拍掉身上的灰尘,一边反驳。

菲利普同意地点点头说:"以一个女生来讲,你的确是比别人更有幽默感。"突然他用手指着马路远处,这回黄色的校车真的来了。看着菲利普带着酒窝的笑脸,我深深觉得,他真是杰提威廉小学最可爱的男生了。

巴恩先生把校车停在站牌前,安妮先上了车,接着是我。一上车,我就听到好朋友波妮在喊:"贝丝,快来坐这里,我帮你留了位子。"

我正打算告诉波妮,我已经答应菲利普要和他一起坐,没想到菲利普却一屁股坐到葛登那个讨厌鬼旁边。

葛登说:"嗨!菲利普,一大早就收到了老亨利送来的你的邀请卡。"

波妮悄悄对我说:"菲利普一定是要开生日舞会了,不知道会不会邀请我们?"

我告诉她:"我想他会邀请我,菲利普喜欢我。每天我做完家务以后,几乎都会去找他,然后他会弹吉他为我唱歌。所以我想今天老亨利到我家送信的时候,就会带请柬来给我。"

听我这么说,平常最多话的波妮突然静下来了,默默无语。我猜得出来是什么事让她心情不好,于是我对她说:"你别烦恼,也许菲利普也会邀请你。"

"万一他没有邀请我呢?"波妮的心情变得更糟了。

我安慰她说:"如果真的这样的话,你也别担心,我

会叫他邀请你。因为你是我的朋友,他也是我的朋友。"

下课时,我把生日舞会的事告诉了苏珊、安妮、伊瑟,她们全嚷着要参加。我告诉她们别紧张,只要我向菲利普说一声,一切都不会有问题。

最后一堂课的下课铃响了,我是第一个冲出教室的人,因为我要去校车站替菲利普占位子。很高兴今天我排在第三位。

我一看到穿红衬衫的菲利普就大喊:"嘿!菲利普,我在这里。"

葛登摆出一副想不通的样子望着菲利普,他说:"你叫女生帮你占位子?她是你的女朋友?"

菲利普的脸皱成一团,很不高兴地说:"她才不是我的女朋友呢,我最讨厌女生!"

上车后,菲利普这个臭男生一直在后座和讨厌鬼葛登玩闹,讨论着生日舞会上吃喝玩乐的事。我根本懒得再看他一眼,这一刻,我觉得他是学校里最可恶的男生。

巴恩先生把校车靠站牌停下,安妮、菲利普和我跳下车。回家的路上,我一句话也没和菲利普说,因为他不再是我的男朋友。最后还是他先开口说:"下午的大雨把路淋湿了,现在走起来一点儿灰尘也没有。"

"我才不想和你讨论路的干湿问题呢。"我生气地回答。

"啊哈!你生气了,贝丝·蓝伯特。"菲利普露出酒窝,笑道,"你真的生气了,气疯了,对不对?"

"没错!第一名的菲利普先生。你只会找那个讨厌鬼葛登玩,还说我不是你的朋友,我当然很生气,一肚子火,你懂吗?"

菲利普随手摘了一片榆树叶说:"你是我的朋友,可以了吧!"

"我是你的……你肯定?"我迫不及待地问。

菲利普看着自己的鞋子,点点头说:"当然喽!你做完家务后来找我,也可以帮我家的牛刷刷毛。"

我加快脚步赶上走在前面的安妮,一面回头叫道:"待会儿见!"

我当然会以最快的速度做完家务,好腾出更多的时间去看亲爱的菲利普。对了!我一定要买一件特别的东西,作为他十一岁的生日礼物。买什么呢?

我突然灵机一动,上星期我省下买冰激凌的五分钱,再加上这个星期六爸爸要给我的五分钱,刚好可以到"忙碌蜜蜂廉价店"买个吉他的拨弦器,送给可爱的菲利普。

回到家里,妈妈正坐在门前的摇椅上,帮爸爸缝补工作服。我赶紧问:"妈妈,老亨利送信来了吗?"

妈妈抬头看着我说:"信件都放在厨房的桌上。"

Philip Hall Likes Me,
I Reckon Maybe

　　我忘了妈妈规定要轻声关门，"砰"的一声，放开纱门就冲进厨房。在餐桌上放着一盘炸鸡，一大锅还温热的豌豆，还有邮购目录。不可能只有这些信件呀！

009　　贝丝丫头

我跑到起居室,那里也是哥哥鲁瑟的卧室,但什么也没有。于是我透过纱窗问妈妈:"妈,就只有这些信件吗?"

妈妈想了一会儿,我正绝望地以为她要说"对!"没想到她却回答:"嗯……好像不是,我房间的抽屉里还有一些。"

我知道,我就知道!可是当我打开抽屉一看,竟然还是"廉价店"的大特价广告。也许请柬被压在广告单下面,我还有最后一线希望。我轻轻地把广告单掀起来,结果底下空空的,什么也没有。

轻轻关上纱门,我蹑手蹑脚走出厨房,然后快跑横越泥土路,再抄捷径穿越玉米田,来到霍尔先生的农场。我看到菲利普正坐在谷仓的干草堆上弹吉他。

菲利普甚至没抬头看我,只是催我说:"贝丝,你最好快点儿,今天有八头乳牛要刷毛。"

"你没有寄请柬给我。"我的声音沙哑,几乎快哭出来了。

菲利普注意到了,他说:"寄给你什么?"

我说:"你给葛登生日舞会请柬,却没有给我。"

"哦!原来你是为这件事生气?"菲利普大惊小怪地说。

我点点头,眼泪已经在眼眶里打转。我说:"人家本

来打算买一件特别的礼物送给你,因为你是我的朋友,可是,你一点儿都不像我的朋友。"

"这是什么话嘛!"他说,"我没有打算邀请女生,只想邀请'猎虎者俱乐部'的勇士,葛登、鲍比、乔登和乔夏兄弟,我们是一帮连老虎都不怕的男生。"

"那你为什么不邀请我?我也是什么都不怕,而且你放学时才说过我是你的朋友。"

"……不行呀!"菲利普回答。

"为什么不行?"

"跟你说不行,就是不行。"

"为什么不行?"

"因为……不行。"

"因为什么?"

"因为……我怕他们笑我娘娘腔,到处去说我喜欢你,说你是我的女朋友,就是这样子。"菲利普回答。

我问他:"你是'猎虎者俱乐部'的会长?你的会员什么都不怕,甚至连怒吼的老虎也不怕?"我忍不住哈哈大笑。

菲利普有点儿惊慌地问:"你在笑什么?"

我笑得更厉害。菲利普又问:"你是不是在笑我?"

我回答:"那还用说吗?菲利普先生,你实在太滑稽了。"

菲利普从干草堆上跳起来大叫:"我才不滑稽呢!"

我说:"你当然滑稽,说什么你连老虎都不怕,居然怕别人说那句话,而那句话不会抓你也不会咬你。从这点来看,菲利普先生,你根本不是个猎虎者,我应该称呼你是'小猫族',这可比娘娘腔还要难听多了。"说完,我头也不回地跑回了家。

第二天是星期四,妈妈说我精神不太好,可能生病了,不让我上学,星期五也一样要我留在家里休息。

星期天是菲利普的生日,我看到葛登的爸爸用小货车载着那帮"猎虎者"往菲利普家去了。我不断地告诉自己要快乐点儿,至少我可以把买礼物的钱省下来,不必浪费在那个大笨蛋身上。可事实上,我却怎么也快乐不起来。

吃过中饭后,我们全家梳洗打扮得很漂亮,到镇上采购。在"忙碌蜜蜂廉价店"的店门口我遇到了波妮,但她却故意把头转开,好像在生我的气。我还是跟她打招呼说:"嗨!波妮。"

波妮回过头对我说:"我才不想跟你说话呢。你答应过要叫菲利普邀请我,结果呢?哼!"

"他也没有邀请我呀!"我告诉波妮。波妮显然很惊讶,她瞪大双眼问:"你不是他最好的朋友吗?"

"不再是了!"我说,"我已经三天没到他的农场去

了。"

"星期一放学后,你可以到我家来。"波妮指着我的鼻子说,"你还是我的好朋友,好吗?"

"当然没问题。"我高兴地回答。

星期一的放学铃声响后,我和波妮手拉手跑出教室。当我们来到校车站牌时,菲利普和葛登已经在那里排队了。

菲利普叫道:"嘿,贝丝!来这里!我帮你占了一个位子。"

葛登很震惊地说:"你居然替女生占位子?"

菲利普瞪着葛登说:"我高兴,我愿意,怎么样?"

葛登说:"这未免太娘娘腔了!哦……我知道,她是你的女朋友?"

菲利普说:"被人称作'小猫'可比娘娘腔难听多了。从今天起,'猎虎者俱乐部'的会员要是有人怕女生,就开除他的会员资格。你知道我们要改叫他什么吗?"菲利普一边说话,身体一边往前倾,几乎快和葛登脸贴脸了。

葛登摇摇头,一副很不以为然的样子。菲利普又说:"这个人我们改称他为'小猫族'。"菲利普把眼光移到我身上,似乎在问我是否满意他所说的话,我以笑容回答了他的询问。

葛登往后退了几步,让出很大的空间,说:"你们女生可以排到前面来。"

菲利普露出快乐的笑容,他真是杰提威廉学校最可爱的男生,"猎虎者俱乐部"最勇敢的领袖。

第 二 章

火鸡神秘失踪案

　　强森小姐告诉班上的同学，在她的教学生涯里，从没有见过像我这么优秀的学生。菲利普·霍尔也跑过来向我道贺，他说："虽然换了你得第一名，但我比你是第二名的时候还更喜欢你。"

　　这么多的喜悦一下子涌进心里，我觉得自己的心好像得扩大两倍才装得下。突然一阵"砰！砰！砰！"的吵闹声传来，我睁开眼睛一看，所有美好的事物都不见了，就像雨水洒在泥里一样，原来刚才只是一场梦。

　　几分钟后，我拿着一杯牛奶和一大片玉米面包走到屋外，看见爸爸正用力把架铁丝网的杆子插进土里。虽然已经十二月了，但是在阿肯色州的阳光下，爸爸还是汗如雨下，他的脸亮得像刚擦过的皮鞋。

　　我跟爸爸道早安，但他并没有回答我，只是喃喃自语说："搞不懂怎么会发生这种事。"

　　我问："你的火鸡没事吧？"但爸爸依然没有回答，我

　　贝丝丫头

又大声问了一次:"昨天晚上有火鸡丢了吗?"

爸爸用红色手帕擦擦额头说:"大概丢了十只,但也许更多。"

我心头一阵沉重,说:"爸爸,挂在铁丝网上的飘动的布条,应该可以吓走老鹰的啊。"

"世上没有这种笨老鹰,会选二十磅重的火鸡下手。"爸爸说。

"如果不是老鹰,那就可能是狐狸,我们早就知道这附近有很多红狐出没。"我猜测说。

爸爸皱着眉头说:"狐狸得从铁丝网下爬进去,但是看不出来哪里有空隙让它爬进去。"

"也许它是跳过去的呢?"我猜想。

"跳过两米高的网?不可能,除非它们上过飞行课。"爸爸说。

我提醒爸爸,进火鸡场还有许多方法,譬如攀越铁丝网等等。爸爸点点头并且打开门,叫我爬进去,假装是一只饥饿的狐狸。

我四肢着地,学着狐狸的模样,才发现铁丝网好像又变高了一倍,如果我是只狐狸,要如何叼着六只以上的肥鸡,爬过那么高的铁丝网?爸爸和我都绞尽脑汁思考这个问题。最后我放弃了,对爸爸说:"狐狸既然爬不过铁丝网,那只有原地把火鸡吃了。"

"这你就不懂了。"爸爸说,"如果它在原地吃,为什么看不到血迹、骨头,甚至连羽毛也没有?"

我马上又想到会不会是黄鼠狼,它们从外面掘地道进来,然后从地底下把火鸡拖出去到好远的地方吃。

　　爸爸说："这也蛮有道理的。"于是我们又仔细寻找是否有地洞。

　　我找到了一颗从我的外套上掉落的蓝扣子,爸爸找到了一支鲁瑟的制图笔,除了这些之外,没发现半个地洞。

　　爸爸靠着棚架叹气说："怀疑黄鼠狼就等于怀疑复活节的兔子一样,也是无济于事。"

　　我也叹了口气,突然一个念头闪进脑子里,我觉得马上可以破案了,我指着火鸡棚说："飞机!"

　　爸爸抬头巡视天空说："在哪里?"

　　"不是这样!我是说飞机是造成火鸡失踪的主要原因。"我解释说。

　　"飞机?"爸爸起先只是轻轻一笑,但后来却越笑越响,我要他停下来听我解释,他只是笑得更用力,我只好戳他的肋骨叫他停下来。

　　"爸!你听我说,我有办法拯救我们的火鸡。"

　　爸爸听我这么讲,马上不笑了,说："贝丝小姐,你快说说看。"

　　"是这样的,假设有一架飞机从纽约向西飞行,到了我们前面的欧查克山,飞行员一定会尽量把飞机飞高,飞过山头后,飞机又突然下降,不就正好掠过我们火鸡场的屋顶吗?"

"哈!你是认为……"

我打断爸爸的话说:"我认为那架低飞的庞然大物,会把我们家的动物吓得鸡飞狗跳。"

"噢!"爸爸的嘴唇张成了一个"O"形,"受惊吓的火鸡可能飞过铁丝网,没错!然后就在附近的树上筑巢。"

我们把附近的每一棵树都找遍了,但除了找到一个蜂窝和妈妈的一块头巾之外,一根火鸡毛也没发现。

"好像也不是飞机的错。"爸爸摸着脖子后面说,"就算是晚上的时候,飞机把火鸡吓得飞到树上,早上喂食的时间到了,它们也会自己回来。"

我们回到屋里时,妈妈已经把午餐弄好了,有鸡肉沙拉、马铃薯泥、玉米面包、冰凉的鲜奶。妈妈看了爸爸一眼,提醒他说:"每个农夫都会碰到农作物受损、丢了牲畜这一类的倒霉事,没什么好烦恼的。赶快去洗手吃饭,待会儿我们还要进城购物、拜访朋友。"

到了波卡洪塔斯镇最热闹的一条街,爸爸把车停在"凯文肉品店"前面。我看到凯文·库克和他的胖儿子小凯文,以及艾莉诺琳·伍德小姐、米勒警长,他们围在一起,好像在争论什么神秘的事。只见警长拼命摇头,好像要甩掉所有无稽之谈似的,他说:"伍德小姐,我相信你是看到了某种东西,但我不大相信你看到了'山怪'。"

伍德小姐闪着惊异的眼神说:"他比一个半的男人

还要高,也许有两三米高。我虽没看到他的脸,但我看到了他的巨掌,足以拿起任何东西。"

妈妈推了我一下说:"我不是告诉过你吗?偷听人家谈话是不礼貌的行为。"

不管有没有礼貌,我只知道整条街似乎都在谈论伍德小姐所看到的"山怪"。几年来,只有几个人自称看见过"山怪",但是,有关"山怪"的故事却人人皆知。

根据罗斯牧师的回忆,在1938年的某个晚上,伦林兄弟和巴纳贝利马戏团的火车,在距离波卡洪塔斯镇西边八公里的地方出了轨。他说:"来自三个州的警察,绕着欧查克山搜寻了几公里,却不敢让百姓知道他们在找什么。"

我说:"'山怪'是不是就从那座山里来?"

他从西装口袋里掏出一根牙签插在牙缝中,说:"我知道'猿人'是马戏团的特色,但自从那次火车出轨后,就没有看到他们再演出。"

回家后,妈妈和安妮累得一头栽在床上。鲁瑟和往常一样,先去看他的宝贝猪。虽然只有几个钟头没见,但他还是迫不及待地想要去看它们:"我要去问问它们有没有想我。"

我常常问鲁瑟一个问题,猪真的会想念人吗?鲁瑟总是正经八百地回答:"当然喽!"但是今天晚上他的回

答却不像是个十四岁的男生。他老气横秋地指着我说:"贝丝娃娃!等你长大一点儿,我再告诉你。"

我不高兴地冲他吼道:"我已经够大、够懂事了。"

鲁瑟往猪圈走去的时候,又故意回头对我说:"等你真的长大懂事了,你自然会知道。"

夜晚又冷又长,半夜我醒过来时,觉得好像听见了"猿人"的哀啼。

早餐的时候,爸爸穿着他最漂亮的西装,配上圆点领带,一副兴高采烈的样子。他得意洋洋地说昨晚巧妙地放置了几盏煤油灯,保准会吓跑偷鸡贼。

妈妈帮我盛了一碗麦片粥,然后转头对爸爸说:"尤金·蓝伯特先生,在你还没去清查你的火鸡之前,先别在这里说大话。"

爸爸说:"再厉害的魔鬼也不敢在有光亮的地方做坏事。"说着他转身走出厨房。

正当我心里想着:爸爸终于采取手段对付偷鸡贼了,他却一脸惨白地从后门回来了,样子像是碰见了一群外星人向他问路一样。

妈妈急忙跑到他身旁大声地问:"尤金,没事儿吧?"

爸爸用力地摇着头说:"又被偷了六只!或许还不止这些数目。"

妈妈垂下双手说:"天啊!怎么会这样?"

"再这样下去,我怎么能养家糊口?"爸爸抱怨着,"不管是老鹰、狐狸、黄鼠狼或飞机,竟然没有半只中了我的圈套,我该怎么办?"

做完礼拜回来,爸爸马上拿出笔和纸,写信给他最喜爱的杂志——《火鸡世界》,向他们求助。爸爸对我说:"我把事情全告诉他们,也许他们能替我找出原因。"

"爸,要是那个'万事通'也没办法替你解答呢?"

爸爸振作起精神说:"不可能,十五年来我一直'钉阅'这本杂志,还没见过有'万事通'解答不出来的问题。"

"爸,是'订阅'不是'钉阅',"我纠正他,"书又不是钉子,怎么是用'钉'的。"

"嗯……是这样子啊!真是个聪明的女儿。"爸爸摸摸我的头问,"你们班上那个叫霍尔的男生,真的每次考试都赢你吗?"

正当我要回答"我也不知道"的时候,爸爸已经转头对妈妈说:"今天晚上我要守着鸡场,在没有得到'万事通'的解答之前,这是唯一的好方法。"

第二天早上我一起来,就看到爸爸睡眼惺忪地走进来,他喃喃自语说:"一夜平安。"说完就重重地扑在床上,把床的弹簧压得撞到了地板上。我听到妈妈大骂:"死鬼,下次不准这样!"但是爸爸给她的回答却是一阵响亮

的鼾声。

第二天,我趁下课的时候把菲利普·霍尔拉到一旁,请他今天晚上帮我解决火鸡失踪的神秘案。没想到他却摇着头说:"隔一阵子再说吧!你没听说'山怪'又在附近现身了?晚上出去太危险了。"

"什么?'猎虎者'居然怕'山怪'!"听我这么一激,菲利普马上拍拍胸脯,表示他一点儿也不怕。

到了晚上,我等全家人都睡了,才悄悄溜下床。外面的空气冷得好像冻上了,圆圆的月亮高挂天空,"山怪"如果出现的话,准被照得一清二楚。想到这里,我不禁打了个冷战,真想溜回屋里。可是另外几个念头却告诉我不能这样,因为火鸡如果继续失踪,我们家的日子可就不好过了,而且勇敢的菲利普已经在养鸡场那边等我了。不过,最让我感到安心的是,米勒警长说"山怪"只存在于某些人的幻想中。

可是为了安全起见,我还是在祈祷老天爷保佑之后,才大胆地向养鸡场走去。当我来到大树旁时,菲利普并没有在那里等我,我边爬树边告诉自己不要担心,他马上就来了。这样一想,我的心里就舒服多了。可是突然一片乌云遮住了月亮,夜色变得很暗,好像老天爷把灯关掉了。我又开始害怕,心跳快得像是拳击手在打拳。等那片乌云散去后,我才觉得安全了一点儿,我取笑自己

刚才简直像个胆小鬼。

　　接着,在通往菲利普家的路上,出现了一盏灯。我知道那一定是菲利普,于是远远地向他吹了一声口哨。他好像听见了，马上把灯提高照着自己。他穿着全套童子军制服，胸前披挂着六枚荣誉章，神气得很。

菲利普走到树下，先把提灯和他的气枪交给我，然后才爬上树。他拍着枪杆说："你爸爸的火鸡今晚半只也不会丢，谁敢轻举妄动，我就赏他一颗子弹。"

在树上坐久了，我觉得不大舒服，但是菲利普似乎一点儿也不在意，不过他却一直抱怨说太冷了。我骂他："再笨的童子军也懂得要多加一件外套，你怎么对这一点儿也不懂？"

突然一阵"喔呜……"的长嚎声，打破了夜晚的寂静。菲利普吓得抓住我的手臂说："是……是……猿人？"

我告诉他："不，那只是土狼的求爱声。"

"我早就知道！"他放开我的手，又叫我不要害怕，保持镇静，如果有老鹰或狐狸出现，他会让他们一枪毙命。其实我多么希望他下次拉我的手时，不是因为害怕。

我问菲利普："你要用这把连罐头都打不倒的枪打狐狸？"

他说："没错！"

"我看，等你接近到可以开枪的距离时，你的呼吸声早把狐狸给吓跑了。"

菲利普开始不停地数落我，说我是女生，什么都不懂。直到我指出远处有一部车正朝这里开来，他才住嘴。

我问菲利普："是不是有客人要到你家去?"

"我的家人早就睡了。"菲利普转头望着我家说，"会不会是你家的客人?"

我对他摇了摇头，只是不知道在昏暗的月光下，他有没有看到。

慢慢地我看清楚，那是一辆卡车，在黑暗中行驶竟然没有开灯。

菲利普一直掐着我的手问："为……为什么?为……"我的手都快被掐出血了。

"为什么他们不开灯?"我替他把话问完，然后才回答他，"我也不知道。"

卡车绕过我们躲藏的这棵树，停在火鸡场的门口，两个大男人一言不发地走下车。他们打开火鸡场的门走了进去。

菲利普的呼吸声越来越大，我用手捂住他的嘴，靠近他的耳朵说："我需要你帮忙，听到没有?"等他点头后，我才把手放开。

"你溜到我家，叫醒我爸爸和哥哥，我在这里监视，看我是否认识这两个贼。"

菲利普把枪交给我，颤抖着从树干背后滑了下去。

那两个贼带着白色的帆布袋向火鸡走去。月光下，我努力想把他们看清楚，却没有办法，倒是我听见自己吞口水的声音很大。我低声地说："爸爸,求你快点儿来!"万一在爸爸和鲁瑟赶到之前,他们已经抓好火鸡溜走了,那该怎么办?除非……除非……对了,记下他们的车牌号码。我带着菲利普的枪爬下树,轻轻绕到卡车后面。但是车牌号码看不清楚,所以我把车的帆布卷起来一点儿,"7……9……4……2……6……5……"正当我暗自高兴,这下小偷逃不掉了,却发现车牌号码我无法完全记住,好像是"5"或"6"开头?

回头看看家的方向,那里一片漆黑,毫无动静,我急得要死,"爸,我需要你帮忙,你怎么还不来?"

接着,我看到那两个贼提着满满的帆布袋,准备离开鸡舍,我以几乎是祈祷的口气说:"爸!请你快来呀!爸……"但是家的那边,依然没有动静,他们是不是睡死了。

眼看着偷鸡贼已经要打开火鸡场的门了,我情急之下大吼一声:"站住!"我手握着枪,却摸不到扳机在哪里。

"什么!"那两个贼齐声回答。

最后我找到扳机,用手指扣着,对他们说:"站住别动,否则我叫你们脑袋开花!"

"爸!叫他们别开枪!"一个男孩的声音尖叫。

"闭嘴!小凯文。"一个大人的声音说。

那两个贼原来是卖肉的凯文·库克父子。"有话好说嘛!"屠夫试着用轻松的口气说,"先把来复枪放下,以免伤了自己好吗?"

月光下,他把气枪误以为是打猎用的来复枪了。"对不起,打扰你了,我们马上离开。"屠夫说着就要打开火鸡场的门。

我用很凶恶的声音说:"谁先动手开门,谁就先挨子弹。"

接着我听到远处有"砰"的关门声,然后是沉重的脚步声以及树枝折断的声音。

我赶紧大叫:"爸,在这里!"

一会儿工夫,爸爸就出现在我身边。他用来复枪瞄着库克父子,问我:"宝贝,你没事吧!"

我觉得全身力气好像都用尽了,不过我还是说:"我很好。"

接着,妈妈、鲁瑟、菲利普也来了,爸爸用来复枪指着库克父子说:"你们看,贝丝在鸡舍里发现了这两只长相奇怪的大鸟。"

我说:"他们是卖肉的库克父子。"这时菲利普用灯照着我,但是库克父子却躲着灯光。

库克先生装出一副友善的样子说:"我们没破坏什么,你们最好让我们走。"

"没破坏什么?"爸爸说,"你们拿了我们辛苦饲养、赖以为生的东西,还敢说没有破坏什么!"

这时,有只火鸡从布袋里钻出头来,朝鸡棚的方向"咯!咯!"叫了几声。

库克先生挤出虚假的笑容,从口袋拿出一沓钞票,抽出一张递给爸爸说:"好啦!我知道你们要什么,五块钱算是给你们的补偿。"

爸爸拿了钱说:"我看这只够补偿一只而已,那其他四十九只怎么办?"

"什么?"屠夫怒吼道,"你的火鸡一只也值不了五块钱,我自己卖的从来没有超过四块半。"

"先生,你搞清楚,其他的四十九只,你最好也赔给我。"爸爸说。

库克先生指着爸爸说:"这无异于抢劫!"

爸爸点点头说:"这正是我想说的,你就是那强盗。鲁瑟,你开车去找米勒警长,告诉他们抓到贼了。"

"嘿!等一等!"库克先生重新摆出一副比刚才更友善的态度。他从口袋里掏出那沓钞票,慢慢数了四十九张给爸爸,然后就伸手要开门。

"慢着!"爸爸摸着枪,回头对鲁瑟说:"我不是叫你去找警长吗?还不快去!"

鲁瑟一下也愣住了,他说:"可是,我以为……"

库克先生咆哮:"什么?你耍我!"

几分钟后,米勒警长来了,他用手铐将库克父子逮走了。警长说:"自从你搬来之后,农户的牲畜就常常无缘无故失踪。"

小凯文咬牙切齿地对我说:"都是你害的,我爸爸本来是个受尊敬的商人。"

我回答:"尊敬不可能和贪心并列。"

小凯文又说:"一个女孩子居然拿着那把危险的枪,真丢脸。"

我举起气枪,让他看清楚,说:"你又错了,被这个子弹打着,不过像被蚊子咬了一下而已。"

这时候,火鸡也一只只地从帆布袋里跑出来,胜利的啼声"咯!咯!"地响彻夜空。

第三章

过敏症真讨厌

在大马路和通往我家那条小路的交会口，有一个褪色的黑白路标，上面写着"一公里→蓝伯特农场，养殖优良品种的火鸡和肉猪。"巴恩先生刚好就把校车停在牌子前面，菲利普先下车，我也随着跳下去。

我以轻盈的脚步，跃过田地和马路间的水沟。菲利普还贴在校车的站牌下对我喊："贝丝!不要跑到田里，搞不好会踩到冰冻的水坑上。"

我从来没想过菲利普会担心我的脚受冻，他是不是真的喜欢我?"如果有只可爱的小狗在家等你，你就不会在乎脚受冻了。"我回答他。

"万一葛兰特先生不肯用牧羊犬和你爸爸交换火鸡呢?"菲利普以幸灾乐祸的口气问。

"你懂什么!今天早上我去上学时，爸爸已经挑了六只最肥的火鸡准备交换小狗了。"我回头告诉菲利普，然后开始狂奔过田地。

菲利普说:"一只牧羊犬要比六只老火鸡值钱多了。"

我装作没听到他说的话,继续向前跑。不管怎么样,反正大家都爱吃火鸡肉,不是吗?

跑上田里的一处斜坡后,我那可爱的家便出现在眼前。去年,爸爸卖了大约三百只火鸡和四十二头猪,他问妈妈家里最需要什么,妈妈说她一生最想要的,就是拥有一栋刷了油漆的房子,特别是绿色的。于是我的家就漆成了一栋绿色的房子,说不出的可爱。在此之前,我们家的外墙一滴油漆也没沾过。

快到家的时候,我看见妈妈在门前的晒衣绳上挂衣服,通常她都是这个时候洗好衣服。她觉得自己怀孕后,工作速度就变慢了一些。

我悄悄溜到妈妈背后,突然抱住她那用双臂也抱不过来的大肚子。妈妈跳了起来说:"噢!你想吓死我啊?死丫头!"

"它在哪里?"我急急地问,"小狗狗在哪里?"

妈妈露出一副不耐烦的表情说:"我哪知道有什么小狗。"

"爸爸不是去交换了吗?"我着急地问。

"走开,丫头,到厨房去。"

"快告诉我,爸爸有没有换到小狗?"我乞求道,"有

没有嘛?"

妈妈还是一副无动于衷的表情,不过她的眼神却充满喜悦:"我不是告诉你了,叫你到厨房去吗?"

我恍然大悟,也顾不得轻轻关门,就冲向厨房。一进厨房,我看到在炉子旁边的一个纸箱里,有一只棕红色的小狗,脖子上的一圈白色茸毛顺着长到胸口。我跪下来张开双手说:"嗨!小狗狗,你真可爱哟!"

"它当然是很可爱喽!"妈妈站在我的背后说。

小狗一直望着我,过了一会儿才用脚碰我的膝盖。我抚摸着它的脖子说:"你还很友善。嘿!这个名字还真适合你:'友友'。"

我抱起"友友"亲了一下,然后说:"我现在将你命名为阿……阿……阿嚏!"

"阿嚏!我现在将你命名为'友友'。"好不容易才说完这句话。

午睡时间到了,我却一直打喷嚏,眼睛又酸又痒,泪水流个不停。幸好喷嚏声没有吵到"友友",它静静地睡在我床脚的纸箱里。

我听到爸爸妈妈在厨房里,讨论着几天来一直在讨论的事——替即将诞生的小婴儿命名。后米大概谈累了,妈妈改换话题说:"我真担心贝丝,她的胸腔有气喘声。"

"上午我在镇上遇见了布伦纳大夫,"爸爸说,"他要我帮他挑一只二十磅的火鸡,傍晚时候他会过来拿。"

妈妈说:"等他来的时候,请他顺便看一下贝丝。"

我下床脱掉旧睡衣,换上一件去年圣诞节奶奶给我的新睡衣。那是奶奶用面粉袋做的,但是她把它染成鲜艳的橘色,蛮漂亮的,结果"友友"看到我却一直吠,我对它说:"别怕,小乖乖,是我啊!"

我抚摸着"友友",告诉它我有多么快乐,改天一定要把它介绍给我的朋友认识,像菲利普、伊瑟、波……哈……哈尔!波妮、吉妮、苏珊,但是它最喜欢的当然是我啦!

"贝丝,你是不是从床上偷溜下来了?"妈妈大声问。

"没有啊!我就躺在床上。"说完我赶紧跳回床上。

我睁着眼睛等医生来,可是没一会儿工夫,就觉得眼皮很重,进入梦乡了。后来我听到有人大声说:"让我好好儿看看贝丝小朋友。"

我觉得有人轻拍我的脸颊。"贝丝丫头,医生来了。"妈妈说。

我坐了起来,望着布伦纳医生。他一边把凉冰冰的听筒放在我的胸口,一边说:"乖,不会痛的。"

"可是它很凉。"我跳起来说。

医生用手摩擦听诊器使它变暖和些,却也忍不住笑出来:"怎么一点儿都不像是那个抓到偷鸡贼的小英雄贝丝·蓝伯特,而且是只靠一把……哈哈哈……"医生笑得说不出话来。

"是一把气枪。"我替他说。

医生把大笑过后的眼泪擦掉,开始专心地帮我检查。他说:"我听到你的胸腔里有杂音。告诉我,眼睛是不是不舒服?"

"眼睛好痒好痒,真想挖出来抓一抓。"

"这就对啦!"医生胸有成竹地说,"再告诉我,什么时候开始打喷嚏和气喘的?"

已经睡着的安妮,这时候翻了个身,发了声"嗯",好像在抱怨别人打扰她的睡眠。

我告诉医生:"每次我碰到'友友'就会打喷嚏。""友友"以为我在叫它,马上从窝里跳起来,吧嗒一声扑向我。

我一把将它抱起来,亲了一下说:"嗨!小乖乖!阿……阿嚏,阿……阿嚏!"

布伦纳医生用手搔着银白色的头发说:"贝丝,我必须告诉你一件你可能不想听到的事:我确信你是对'友友'过敏。"

"不!不是这样。"我尖叫着,"我不要过敏,我甚至不知道过敏是什么意思。"

布伦纳医生握着我的手说:"过敏的意思是'友友'的毛使你生病了,那也表示你必须把它送回原来的地方。"

"可是'友友'是我的,我绝对不要把它送回去!我爱它,它也爱我。"说到这里,我觉得眼泪已经快掉下来了。

"我知道。"医生说,"可是打喷嚏、气喘、红眼睛,就是你的身体告诉你某些事的方法。"

我还是摇头说不。

布伦纳医生说:"身体不会说话,当你口渴的时候,不会听到喉咙说'喝水',你也知道要喝水。现在你的身体已经在告诉你一件很严重的事,你注意听!"医生把手掌轻放在耳边,装出注意听的样子。可是这整间屋子里,我只听到自己的气喘声。

早晨的阳光从窗户照进来把我弄醒,我睁开眼睛,回想关于"过敏"的事,分不清楚到底是做梦,还是真的?

"'友友',我的小狗狗,到这里来。"我喊道。

但是没看到它的踪影,也没听到声音。我马上跳下床,发现纸箱空空的,他们一定把它送回葛兰特先生的狗园了!

我正想尖叫的时候,却听到厨房的窗外传来了鲁瑟和安妮的声音:"去拿球,'友友',听到了吗?"

妈妈笑道:"小狗没有受过训练,不会玩把戏的。"

我穿着橘色睡衣跑出去,和妈妈一齐坐在台阶上,她接着问我:"小丫头,好一点儿了吗?"

虽然我的头还在痛,胸腔也咕噜咕噜响,但是我却回答:"妈,我觉得很好。"

"今天放学回来,要先睡一下,不必帮忙做家务。昨天晚上你哭了大半夜,觉也没睡好。"妈妈说。

"是因为医生说……要把'友友'送走。真的是这样

吗?"我问。

妈妈看着我,然后望着正在和"友友"玩的鲁瑟和安妮,她说:"人生不如意的事十有八九,有时候我们也是没有办法。"

"你不能把它送回去。"我大声说,"何况葛兰特先生可能早把火鸡吃了,你们也换不回来。"

"吃掉就吃掉,没关系。"妈妈回答。

"你们不了解我的感受,我真的爱'友友'!"我说,"我出生的时候,鲁瑟已经三岁,安妮两岁,所以他们拥有我,但是我却什么也没有。"

"我告诉你,"妈妈说,"人生的事,有时候我们也拿它没办法。但是如果你光在这里吵而搭不上校车,我可拿你有办法,我会拿藤条打人。快去!"

在学校里,我觉得一阵好一阵坏。好的是我不再打喷嚏或气喘,也不流眼泪了;坏的是,一想到晚餐后,他们就要把"友友"送走,我就想哭。

如果我会变魔术就好了。记得有一次,老师指着书架上的书说,那里面有各种秘诀,会不会其中有个秘诀,能帮我解除对狗过敏的烦恼?

下课时,我搬了梯子,从书架的最顶端拿了一本很厚的书,并自言自语说:"也许秘诀就在里面。"

"啊!找到了。"我轻声地说,似乎怕泄露了大秘密。

书上写着："有些人对牧羊犬这种长毛狗过敏，但对短毛的吉娃娃狗就不会。"

晚上，我们把"友友"送回狗园。当爸爸对葛兰特先生解释"过敏"的时候，我把"友友"紧紧抱在怀里。

葛兰特先生说："我们本来是不养吉娃娃的，但是算你们运气好，我几天前刚买进一对，所以你们可以换。"说着他伸手要抱"友友"。

"等一等！"我说，"分手不是要先说再见吗？"望着"友友"可爱的眼睛，我不知道该如何向它解释。我不是不爱它，只是被讨厌的过敏症所害，阿……阿嚏！它舔了一下我的耳朵，好像在告诉我："别难过，别的狗也不错。"

葛兰特先生再度伸手要抱"友友"时，我没有反抗。当他带走"友友"时，我听到他说："别的牧羊犬看到你回来，准会乐疯了！"

把"友友"带进去后，葛兰特马上又回来了，他说："过敏是一件伤脑筋的事，因为我和你一样大时，也有过敏症。"

这真叫人难以相信。我问："你居然对自己养的牧羊犬过敏？"

葛兰特指着自己的臂弯说："不，我只是对番茄过敏。只要一碰番茄，我的手臂就会长出许多红斑，好像草莓一样。"

我得意地说:"我不怕番茄。"

"过敏症就是这么奇怪。"葛兰特说,"同一件东西,对某些人不会造成困扰,却会让另一些人大伤脑筋。"

葛兰特先生带我们去吉娃娃的狗栏时,有一只小不点儿狗跑到门边对着我叫,我说:"就是这一只。"

开车回家的路上,我把吉娃娃抱坐在腿上。爸爸妈妈又开始讨论着小孩命名的事,我希望他们这次会挑个好名字,别像我的这么难听。

快回到家的时候,小狗突然从我的大腿上跳开,它踮起脚掌,把鼻子顶在货车的玻璃上。我欢呼道:"你们看,它会踮脚哎!"

妈妈回过头说:"啊哈!有意思,就给它取这个名字。"

我在它的额头上亲了一下说:"现在,我将你命名为阿……阿嚏!"

"噢!糟糕!又犯了。"妈妈说。

幸好我努力控制住自己,还是说:"我将你命名为'踮踮'。"

到了睡觉时间,我又开始打喷嚏,眼睛也发痒,胸部又有杂音。妈妈站在我的卧室门口说:"今天晚上'踮踮'睡在厨房,明天晚上我们必须把它送回去。"

我赶紧搂着它说:"妈,拜托你不要这样说,我不在

乎这一点点过敏的小毛病，我只要我的小狗。"

　　"你这臭丫头，还说傻话，我这做妈妈的，才不会让你
被过敏症折磨。现在什么都别说，赶快睡觉。"

　　下第一节课时，我对导师强森小姐说，长毛狗会让人过敏，短毛狗也一样。她说："也许我们还可以从书上找出别的秘诀。"于是她又把那本厚书拿下来。看了好多页后，终于找到一页上面写着："对长毛狗和短毛狗都过敏的人，也许对狮子狗不会过敏，因为它们是唯一不会掉毛的品种。"

　　爸爸又带我们去向葛兰特先生解释，请他再让我们换一只狮子狗。葛兰特先生虽然不很情愿，但还是答应了。当他伸手要抱走"踮踮"时，我实在很舍不得，我要求他再让我抱一会儿。

　　"再见啦，小狗狗，很遗憾你不能成为我的宠物。"我抚摸着它的脸颊对它说。它也舔舔我的手指头，似乎在告诉我别难过，然后我闭着眼睛把"踮踮"交了出去。

　　"来，我带你们去看我的狮子狗。"葛兰特先生说。我们跟着他走到另一个栅栏前，他指着两只看起来像白色粉扑的、毛茸茸的小狗说："对一个有过敏症的女孩来说，狮子狗最适合不过了，因为它们不长头皮屑、不掉毛，没有体臭。"

　　他打开栅门，我跟着走进去，一面对自己说："希望这次运气能好一点儿。"

　　"但愿如此。"妈妈也这么说。

　　有两只狮子狗一起向我跑过来，模样非常可爱。我

弯下腰,其中一只靠到我的脚边,让我抚摸它毛茸茸的头,我说:"就是你喽!我一定会好好儿疼你,照顾你。"

在拥挤的货车车厢里,我把小狗放在大腿上,轻轻地拍着它,它舒服地睡着了。

过了一阵子,妈妈说:"我们应该用我姑婆的名字艾伯塔,替孩子命名。"

爸爸皱了一下鼻子问:"为什么要用她的名字?"

妈妈说:"她是我奶奶的姐姐,是我们家族中最长寿的人。"

"那个大鼻子的老太婆!"爸爸回答。

"艾伯塔姑婆的鼻子才不大呢。"妈妈不服气地说,"她很有趣。尤金·蓝伯特,我真的对你太失望……"

"你们发觉了没有?我到现在还没打过半个喷嚏。"我故意打断他们的谈话,以免两个人急个没完没了。

妈妈笑一笑:"咦,好像是真的!"

"那么'棉花糖'就不必再回葛兰特的狗园去了。"我高兴地说。

"棉花糖?"爸爸很惊讶地问。

"是啊!你看它毛茸茸的样子,不像是棉花糖吗?"我回答。

妈妈对爸爸说:"你看,贝丝已经帮三只小狗取了名字,我们却还在为小孩儿的命名争论不休。"

"棉花糖"睁开眼睛四下张望。我把脸凑近它毛茸茸的身体:"好乖,你将永远是我的阿……我的阿……阿嚏。"

妈妈仰望着车顶说:"老天啊!希望我听到的不是喷嚏声。"

我赶紧回答:"你听到的不是喷嚏,我真的没有阿……阿嚏。我想我是在学校被威廉传染到感冒了。因为他今天一直打喷嚏,可能把细菌到处散播开了。"

爸爸把货车开到路边停下来,说:"贝丝丫头,我知道你很想要只小狗,但我不得不让你失望了,因为继续这样下去是不行的。"

我心里一急便大声说:"如果你把小狗送回去,那我也不住家里了,我要一辈子和'棉花糖'留在狗园。"

妈妈拍拍我的手说:"遇到好事要快乐,碰到坏事要勇敢。"

"我才不要勇敢,"我大叫,"我只要我的小狗。"

爸爸把车掉头开回狗园,说:"已经没有别的办法了。"

第二天我拜托强森小姐再帮我查那本厚书,但找了很久,却没有找到任何秘方。我一句话也没说就走开了,直到下午我才对她说:"我想这不是谁的错,我必须学习勇敢地面对我不喜欢的事。"

强森小姐对我说:"我认为你已经表现得很好了。"

校车在站牌前停下来,我跳下车后就跨过小水沟往田里跑。菲利普说:"今天又没有小狗等你,你怎么又急成这个样子?"

"谁要你管!"急着回家的理由只有我自己才知道。

跑到斜坡上,我远远地看见了妈妈的身影,但又不是很像她。等我穿过菜园后,才看清楚那不是妈妈,而是——我的奶奶,我高兴地边跑边叫:"奶奶!奶奶!"

"嗨!贝丝丫头!"奶奶也兴奋地叫我。我扑到奶奶的怀里说:"奶奶,你怎么会来我家?"

奶奶笑着说:"我来看小孙子呀!他今天早上诞生了。"

"他们在哪里?"我赶紧问。

"嘘!别那么大声,他们正在休息。"奶奶指着屋里对我说。

"是……是……个小弟弟吗?"

奶奶紧紧抱着我说:"你的小弟弟,也是我的小孙子。"

我绕着奶奶手舞足蹈地说:"我要好好儿照顾他,天天陪他玩。有时候我觉得和男生玩也很有趣。"

"没错!"奶奶也和我一块儿跳起舞来。

"弟弟叫什么名字呢?"我问。

奶奶停下来说："他们还没有决定取什么名字。"

我说："没关系,取名字我最拿手。"

"贝丝,快进来和弟弟见个面。"我听到爸爸在屋里叫我,赶紧冲进去。这次我终于记得把纱门轻轻关上,就像家里有客人似的。

爸爸站在卧室门口对我说："来!来!我让你看一位小帅哥儿。"

妈妈垫着两个枕头斜靠在床上,她穿着粉红色的睡衣,领子有蕾丝滚边,蛮漂亮的。我走到床边,看到妈妈手中抱着一个我从来没见过的玩意儿——小婴儿。

妈妈说："把你的手交叉。"

"像这样吗?"我问。

"没错!"然后她把那个软绵绵的小家伙放在我的怀里。

我轻吻着他暖暖的额头说："哇!你真是个漂亮的小伙子,本杰明弟弟。"

"本杰明?"妈妈惊讶地说,"本杰明!对啦!就是这个名字。"

爸爸笑着说:"真是好名字,很适合一个强壮的男孩。"

奶奶也走到卧室里,她说:"终于想出了一个好名字。"

　　我把脸靠近本杰明的脸，这回我没有打喷嚏。我在他耳边轻轻说："你将是我们永远的宝贝，本杰明。我再也不必去找葛兰特先生了，反正他也不可能给我一个像你这么可爱的本杰明。"

第四章

卖 菜 记

布伦纳医生对爸爸和妈妈说:"全镇的人都为这个小女孩感到骄傲,她的才华不容忽视。"在他的眼中,我是个最棒的学生。他甚至说,将来如果我想念农业大学,他和他的朋友愿意帮我付一半的学费。

爱漂亮的安妮抱着小本杰明走到阳台边,没说一句话就坐到我身边,打断了我的思考。我玩弄着本杰明的小脚趾,对安妮说:"我决定成为朗道夫郡第一个兽医。"结果安妮把"兽医"听成"吃素",她马上说:"艾莉诺琳·伍德小姐早在好几年前就不吃肉了,你怎么可能是第一个吃素的人?"

有时候太聪明了,反而是一种负担。我叹了口气说:"不吃肉的人叫作'吃素',而我是要去念大学,当一个替动物看病的医生,那叫作'兽医'。"

安妮站起来,我跟着她走进厨房。她对妈妈说:"妈,你听听,你那个叫贝丝的小女儿,不甘心只当老师或农

夫的妻子,她居然想去念大学,当兽医!"

妈妈盖上锅盖,说:"有抱负并不是一件坏事,因为天生我材必有用。"

吃过晚餐后,我无意间听到妈妈得意地把我的决定告诉了爸爸。爸爸说:"一半的学费还是要很多钱,我去哪里赚?"

接下来的几天,我到处向人请教,要如何赚到念大学的钱。老师说:"受好的教育比较容易赚钱。"我告诉她,就是要先赚到钱才能进大学受好的教育,她沉默了一会儿才说:"这就比较难了。"

想了几天,还是没想出个赚钱的好法子,让我觉得越来越气馁。所有人当中,只有安妮给我鼓励。她说:"每个人都说你聪明绝顶,难道你想证明他们都看错了?他们还说你是第一美女,真叫我嫉妒。"

我们两人对看了一阵子,好像突然了解到一些以前都不懂的事。我们一起到外面的阳台坐下,什么也没说,只是望着正在田里工作的爸爸。

突然我想起一件事。不久前,我在《周末晚邮报》的封面看到一张图片,那是一个路边菜摊,许多打扮得很时髦的都市人,围在那里抢购蔬菜。

接着,我联想起另一个画面。那是一幕还未发生的景象:菲利普和我站在一个菜摊后面卖菜,前面挂着一个牌子,上面写着:伊丽莎白·罗伦·蓝伯特和朋友的菜摊。

当我把脑海中的景象告诉安妮后,她捶着我的肩膀说:"噢,贝丝丫头,你又在做梦了!"

我从阳台上一跃而起,奔向正开着拖拉机耕田的爸爸,使劲地喊:"多种一些!多种一些!"

播种后,我天天等待第一颗芽从土里冒出来。出大太阳,我担心地太干了,芽长不出来;等到下雨后,又怕水太多,植物的根会烂掉。妈妈看出了我心中的忧虑。有一天,她在帮我除草的时候说:"鲁瑟牵挂他的猪宝贝已经算很离谱了,没想到你的情况比他还严重。"

我每天都很用心地耕耘,等到第一颗种子发芽后,才松了一口气。我深信这些菜将会长得很好,不久之后,我的兽医梦就能实现了。

根据爸爸的经验判断,这一季的气候适合农作物生长。但是我猜得出来,他的意思本来是"非常适合"。因为农夫都不会把话说得太美好,生怕会破坏好运,所以当他们说"坏"的时候,就表示"不坏"。

老天爷真的很帮忙,我的农作物都长得很好。蔬菜翠绿茂盛,番茄鲜红欲滴,玉米金黄硕大,西瓜多汁又甜。

放暑假的第一天,我和菲利普用橘子箱的木板,在

路边搭了一个摊子。当我准备把招牌挂起来的时候，菲利普用他的破锣嗓子生气地念："'伊丽莎白·罗伦·蓝伯特和朋友的菜摊'。这太不公平了！"

我抓着他的手指头指着"朋友"两个字说："你看，我并没有漏掉你。"

他摇着头说："不公平！"

"这已经很公平了，"我坚持道，"是谁想到卖菜的主意？谁种的菜？谁除的草？谁采收？你从头到尾根本没帮上什么忙。"

在我还没来得及看他的表情之前，菲利普已经掉头去整理菜摊了。他把番茄、玉米和西瓜分开放，不过他特意把玉米堆成一个金字塔形。

我说："看起来蛮不错的。"希望这句小小的赞美能让他快乐一点儿。他的表情似笑非笑，我也搞不清楚。这时候一部深蓝色的轿车在摊子前停下来。"第一个客人上门了，真是开张大吉！"

一个秃头的男人从车窗探出头来看，原来是"忙碌蜜蜂廉价店"的老板。看到他下车，我急忙招呼说："巴特汉先生你好！今天要不要买些现摘的蔬菜？"看他没反应，我又补上一句："是特价的哟！"

巴特汉先生盯着堆成金字塔形的玉米，瞧了又瞧，然后从中间猛力抽出一根，结果整堆玉米全倒了。菲利普眼看自己好不容易才堆成的金字塔被毁，露出一脸痛苦的表情。但是巴特汉先生并未察觉，他只顾着剥去玉米的叶子，一根根地闻，最后才以一副法官宣判似的表情问："你说这是现摘的？"

"没错，一个小时前，它们还长在玉米茎上。"

等巴特汉先生离去后，我手中已经握着一块九毛钱和许多快乐。我和菲利普手拉着手，忍不住地欢呼、跳跃，以示庆祝。

庆祝完毕，我叫菲利普看好菜摊，我再回去补充一些蔬果。因为第一批玉米和三个西瓜中的两个，已被巴特汉先生买走了。起先我以为他会把第三个西瓜也买走，或许可以送朋友，但是后来我又想起，他是出了名的吝啬鬼，连句好话都舍不得对人讲，哪有可能买东西送人。

我拉着鲁瑟送我的开业贺礼——一辆旧两轮板车，上面载着许多玉米和两个大西瓜。我的心里一直有个疑问，这些蔬菜大家都能自己种，为什么有人愿意花那么多钱去买？

当我拉着板车走在小径上，远远地看到有辆车停在我们的菜摊旁边。又有客人上门了！我要快点儿过去，亲眼看客人从口袋中把钱掏出来，那是我念大学要用的钱。

拉着板车跑并不是一件容易的事，所以我只能够快步走。当我赶到马路边的时候，那部载着一男一女的车正好开走了。

我以道贺的心情拍了一下菲利普的背说："我猜你一定又卖了一个好价钱。"这时候我注意到那个西瓜已经不见了。

菲利普摇摇头,我说:"你摇头是什么意思?"

菲利普装出一副很有耐心的样子说:"我的意思是,他们什么也没买,所以没赚到钱,你懂吗?"

"我不懂,第三个西瓜不见了,是谁买的?"

菲利普望着原来放西瓜的地方说:"你是说那个西瓜啊?"

"没错,谁买走了?"就在我逼问他的时候,我发现水沟里有些西瓜皮,于是我恍然大悟。

"菲利普,你这个不要脸的东西!刚才他们是停下来买西瓜的,对不对?"

菲利普惊慌得说不出话来,于是我继续大声说:"但是你没有西瓜可以卖,因为你把西瓜吃掉了!"

菲利普只说了一句"你疯了!"就不再说话。接着,又有几部车经过,看样子似乎有停下来的打算,但不知怎么却又开走了,也许他们是看到菲利普摆着一副阴沉的脸,被吓走了。

今天的太阳似乎特别大,一肚子火加上口渴,我觉得自己差不多可以喝下一加仑的冰水。这时候菲利普开口说话了,他指着远处一辆红色拖车说:"又有客人上门了。"

司机是个戴棒球帽的修车工人,他买了一个西瓜和六根玉米。我看到他的车门写着"瓦纳特瑞芝湾修护

站"，便问他："你认不认识密芝瑞吉娜·梅福德？她是我奶奶，住在瓦纳特瑞芝北方洛特六十七号。"

他笑着回答："不认识，不过等一下我去拿电池，会经过她家。如果你们想去找她，我可以顺便送你们一程。"

想起奶奶调的柠檬水，还有她房子四周浓密的绿树，我有一种想飞去找她的冲动。我的心里还在盘算该不该去的时候，我的合伙人已经在旁边催促说："贝丝，我们去吧!"

可是到了奶奶家前面的小路上，我却又想到另外一件事。如果我突然出现，奶奶一定会以为我带来了坏消息，因为自从凯文·库克出狱后，奶奶就一直担心他会找我们报复。

因此我决定躲在树丛里，让菲利普先去敲门。菲利普敲了老半天，却没有人回答，于是他又更用力地敲，屋里依然静悄悄。过了一会儿，我探出头叫菲利普到后院看看，也许奶奶在晒衣服，但还是没找到奶奶。

真无聊哟!我们两个只好坐在路旁的草地上等，还打赌是奶奶先回来，还是卡车司机先来接我们。我正说："是奶奶先回来。"却看到卡车司机已远远地从车窗向我们招手了。

卡车大约走了十五分钟后，我们的菜摊就出现在眼前了,我看到有一群牛围着菜摊,情况不妙。我大叫:"它们在干吗?"

菲利普很自然地回答:"那是我家的牛,刚从西边草地赶回来。"

卡车还没完全停稳,我已经迫不及待地跳下车。"滚开!你们这群笨牛,看你们把我的菜摊弄成什么样子了!"我猛力挥手想把牛赶走。

所有的牛都慢吞吞地走开了,只有一只有白色斑点的牛,还低着头在吃玉米,根本不理会我。"大笨牛,你还不滚!"我大声地冲它吼。

它似乎知道我在骂它,就转过身来。结果这一转身,它的大屁股就把整个菜摊撞翻了。三个西瓜全滚落在地上,其中两个摔得稀烂,最大的一个却奇迹似的完好如初。

我尖叫:"大笨牛!"然而它却仰起头,似乎在向我示威。接着它又一脚踩在那仅剩的西瓜上,这下子菜摊真的全毁了。我气得说不出话来,只能"噢!噢!"地尖叫。

"她的名字叫艾琳诺,"菲利普以得意的口气说,"她是一只非常有主见的牛小姐。"

我指着菲利普骂:"你们的脑袋有问题,真是有其主必有其牛!"

晚餐的时候,我把今天发生的 "灾难"告诉了爸爸、

妈妈、鲁瑟和安妮，请他们为我评评理，没想到爸爸却说：“让我看看你的伤疤。”

“我的什么？”

“你的伤疤啊！”爸爸又说，“我从来不知道有人可以强迫我的女儿做她不想做的事,何况一个牛屁股怎么能打败你。"听了爸爸的话,全家人都笑成一团,纷纷闹着要看我的伤疤。

我站起来用手拍了一下桌子说:"没想到你们都站在菲利普那边,居然联合起来取笑我。"

妈妈轻拍着我的手说:"不!不!没有人取笑你。"

我再也忍不住眼中的泪水,哭着跑进卧室。我趴在床上哭个不停,为什么以前我没有发觉,原来他们比较喜欢菲利普。算了!我干吗要去在乎这种事。

哭得时间长了,我觉得有点儿头痛,而且也躺得有点儿累,于是我从前门悄悄溜出去,没有被他们看到。

我经过爸爸的玉米田,看到那一根根成熟饱满的玉米,深信这又是一个丰收季节;而那果实累累的番茄,在任何一个农产品展示会上,都够资格赢得"蓝带奖"。不过第一大奖应该颁给西瓜,因为全朗道夫郡再也找不到比我家更红、更甜的西瓜了。

太阳差不多快下山了,趁着天色还没完全暗,我走到大马路上察看菜摊受损的情形:玉米差不多被踩成玉米酱了,番茄则是一团稀烂,西瓜上面爬满苍蝇和蚂蚁。只有木箱和木板条还完好如初,招牌上有一个牛的脚印,正好踩在"朋友"两个字上。

我一面整修菜摊一面回想,老天爷赐给我们一个好气候,爸爸辛勤耕种,妈妈帮我除草,鲁瑟送我板车,安妮给我许多鼓励,而菲利普呢?这个只说不做的人,难道我真的只想让他陪伴我吗?

可是,去找奶奶并不是他强迫我,菜摊出事也不是他的错,我慢慢才理解爸爸他们为什么会觉得好笑。

我折了几枝柳条,把地上的西瓜、玉米和番茄扫到水沟里,然后用石头把招牌重新钉回去。

我退后几步,看看重建的菜摊,发现还有一个地方没弄干净,那就是招牌上的牛脚印。于是我用手把脚印擦掉了。

第 五 章

美女纠察队

当我看到布莱克先生的绿色货车,卷起漫天的灰尘向我家开来,我赶紧把冰的柠檬水拿到前面阳台上,并且隔着纱窗对妈妈说:"妈,帮我把饼干拿出来,漂亮的'少女队'来喽!"

纱门马上打开,但出来的并不是妈妈而是鲁瑟。他穿着白衬衫、蓝长裤,整洁的打扮好像星期天要上教堂似的。

苏珊、伊瑟、波妮一个接着一个从货车后面跳下来。鲁瑟只是站着观望,直到最漂亮的吉妮下车后,他才大步走向前问:"吉妮,你们好吗?"

没等到吉妮回答,最多嘴的波妮·布莱克就抢着说:"热死了,那壶柠檬水看起来真凉。"

喝过柠檬水,吃完饼干后,我敲敲阳台的地板,执行我的任务,我说:"'美少女俱乐部'现在正式开会,大家有没有问题?"

波妮迫不及待抢着说："有，'美少女俱乐部'从开始成立到现在为止，除了喝柠檬水和谈论'猎虎者俱乐部'的男孩子之外，什么事也没做。"所有的人都点头表示同意。

波妮好像在决定一件大事，她带着微笑说："本俱乐部现在需要的是，一个能提出新点子的人。"

吉妮也表现得很不寻常，她抓住波妮说话的空当插嘴说："我们只是把一个会议换成另一个会议，什么事也没做，看来我们得换一个新会长。"

她们为吉妮所说的话鼓掌，我也觉得很有道理，我们的确只是在这里闲聊。想当初，是我建议组成俱乐部的，我告诉她们不能让"猎虎者"成为唯一的俱乐部，我还说，当俱乐部的会员比当朋友好玩儿。但是现在我觉得有些丢脸，因为我的诺言并没有完全实现。然而"少女队"在毫不尊重我的情况下，就想换新会长，也叫我很生气。

我仰头对着天花板看，希望有好主意从天而降，但是眼睛看到的依然只是天花板。于是我闭上眼睛，突然有个念头闪过脑海。我挥手叫她们肃静："我有个好主意，你们不要吵，我就告诉你们。"

波妮又开口说话了："好玩儿吗？因为我还得回去做家务，所以如果不好玩儿，我想……"

我打断她的话说:"肃静!'旧十字教堂'下个月举行年度野餐,我想趁机向'猎虎者'挑战接力赛。"

波妮说:"五个女生对五个男生。"

我说:"可以,但我们五个人要来点特别的,到时候我们要穿自己做的制服上场。"

一提到制服,几个女生马上眼睛为之一亮。我接着说:"我们用俱乐部的公款买大件的运动衫,然后在上面绣些花样。"

我用手在胸前比划说:"我们可以在这里绣一排字:'阿肯色州波卡洪塔斯美少女俱乐部',如果要更大胆一点儿,我们可以把自己喜欢的人的名字绣上去。"说到这里,我感到已经在发挥会长的权威了。

波妮装出撒娇的音调说:"那你要绣菲利普·霍尔先生喽?"

我开心地大笑,所有烦恼都不见了。有时候我真的认为菲利普喜欢我,但有时候我又觉得万一我的成绩比他好,他大概就不会喜欢我了。他真的会这样吗?可是我也没办法,因为老师说,我如果要成为兽医,必须先有第一名的成绩。

星期六下午,我们这群"美少女"一齐到"忙碌蜜蜂廉价店"找白色的大运动衫。经过几番商量后,我们选了五件运动衫、五十卷绣线、五个绣花框、五包针,交给巴

特汉先生结账。

他扬起眉头说："你们这些女孩真是的，还要让我分五次包装。"

我解释说："这是不得已的，我们五个人又不住一起。"

他又抽出四个袋子，一面嘀咕说："浪费我四个袋子钱。"

星期三的傍晚，我们在波妮家绣我们的运动衫，边吃零食边谈论"猎虎者俱乐部"的男生。我们还给他们写了一封信，叫他们加紧练习，否则到时候会败得很难看。

接下来的聚会是在吉妮家。我们围坐在地毯上绣衣服，嘴里边吃爆米花，边谈着即将来临的胜利。突然外面传来声音："砰！砰！砰……"

我们放下衣服，互相抓着手。波妮指着外面，嘴巴一张一闭，这是我第一次看到她说不出话的样子。最后还是平常话很少的伊瑟开口说："那……那……是什么声音。"

"我们去看看。"我拉着伊瑟，小心地走到门边。我向外偷看，正好瞧见两个人影飞奔离开，样子并不像大人。

波妮、吉妮和苏珊依然呆坐在那里，活像三座雕像。我说："没事了，不管他们是谁，反正已经逃走了，我想我大概知道是谁了。"

伊瑟跟着我走到前阳台,看到有一块鸟窝大小的石头,上面粘着一张纸条,我把用口香糖粘着的纸条撕下来看,上面写着:"亲爱的'美少女',你们是丑八怪,又没人要,想打败我们,一辈子别想!"签名的是那几个臭男生,最后还附注:"何必等到野餐那天,星期六学校操场见,看谁厉害!"

看完纸条大家都气得半死,波妮说:"要给他们一点儿教训,尤其是那个菲利普·霍尔。"

我对他们吓人的方式倒不觉得怎么样,但是他们骂我们丑八怪却惹火了我。他是说我们全部是丑八怪?还

是除了我之外的人是丑八怪?还是只有我是丑八怪?我大叫:"臭男生,你们给我小心点儿!"

我把大家集合起来,给她们最后指示:"下星期六决定接受挑战!每个人的衣服前面都要绣上俱乐部的名字,到时候要让所有人看清楚,打败'猎虎者'的是我们'美少女'。"

第二天早上,菲利普没有到菜摊帮忙,我想,或许他在生气,再不然就是去练习赛跑,不过也有可能留在家里帮爸爸做事,但这个理由似乎是不可能的。

没有菲利普在身边,没有人可以聊天和玩游戏,但是我却一点儿也不觉无聊,因为我忙着绣衣服,忙着做生意,我的兽医梦就靠这些钱来实现。

到了星期五晚上睡觉前,我终于把衣服绣好了。虽然上面有些被本杰明弄脏的污点,但是看起来还是很漂亮。

我正汲水准备洗衣服时,妈妈叫我早点儿上床,以免明天比赛没力气。她把衣服拿走时说:"你可以先去睡,衣服我来帮你洗。"

第二天早上太阳刚升起,我马上就醒了,感觉上我好像根本没睡觉,只是比赛前休息了一下。

厨房里,妈妈坐在餐桌前,桌上摆着一碗没有剥壳的豌豆,但她的手却放在大腿上。我从来没看过妈妈这样坐着没事干。我只说了一声："妈，早安!"却把她吓了一大跳。

"看来我还是得告诉你，"妈妈手握着碗说，"可是不知道应该怎么说……因为你的运动衫缩水了，而且缩得很小。"

爸爸开车载我到波卡洪塔斯的大街上时，我看到"美少女俱乐部"的其他几个女孩，正靠在黄色的消火栓边。当她们看到我走过去，全部不约而同地摇头，好像我做错了什么事似的。是我没穿制服吗?不，制服在我手中的旧报纸里，我要让她们看一件令人不敢相信的事，反正她们也都没穿，可能是太懒了所以还没绣完。

等我一走近她们，波妮就开始说，那是一种很普通的洗衣粉，收音机常常有广告。然后通常不会打搅别人说话的伊瑟也插嘴说，她用的是微温的水。我实在没耐心听她们讲那些我听不懂的事，我说："你们叽里呱啦到底在说什么?洗衣粉和温水又是怎么回事?"

"我们说的是这个!"吉妮突然从包装袋里拿出那件白运动衫，但却已经缩得不成样子了，上面绣的字根本看不清楚。

花了我们那么多时间和金钱，结果却全部缩成这个样子，该找谁去讨回公道?

"你们听我说，如果我们去找巴特汉先生，向他解释

我们的情况,他会把钱退回给我们,也许他还会向我们道歉。"我向她们提议。

波妮问:"巴特汉会是这种人吗?就我所知,他是个死不认错的人。就算他大白天撞倒了他妈妈,他也不会道歉。"

我反驳说:"波妮小姐,你难道一点儿都不相信'人性本善'?"

没想到巴特汉还有妈妈,这倒让我感到惊讶,我觉得把钱要回来的机会并不大。

尽管如此,我还是以最慢的速度走进"忙碌蜜蜂廉价店"。其他几个人走得比我还慢,她们把我推到柜台前面。看到可怕的巴特汉先生正在包一个鞋盒,我真希望这个时候的会长是别人,那么站到最前线的人就不会是我了。

巴特汉先生扬起眉毛看了我一眼,好像在问我要买什么,只是他不想开口说。

"嗯!啊……巴……巴特汉先生,我……我两个星期前在你这里买了一件运动衫,我用平常的方法去洗,结果却……"说着我把衣服从报纸中拿出来给他看。"她们五个人的也缩得跟我的一样。"我说。

他撅着嘴问:"你们买一件花了多少钱?"

"八毛九分。"我回答。

"你看,这就对了啊!"

我搞不懂他要我看什么,但是从他鼻孔"哼"了一声的情形来看,我知道他已经没耐性和我说话了。他说:"你们只花八毛九分买的东西,难道还想穿一辈子吗?而且一件运动衫卖这个价钱,已经是够便宜的了。"

"才不是哪!"我纠正他说,"花八毛九分钱买一件还没穿就缩水的衣服,那是太贵了。"

他像赶苍蝇似的挥手叫我们走开:"好啦!我已经听完你们的抱怨,现在赶快出去,我还要做生意。"

我很客气地回答:"好的,很感激你听我们说话,但是我们真正想要的是你把钱退回给我们,因为不能水洗的衣服就不能卖给顾客。"

我们虽然像一群受惊吓的小鸡般走出他的店,但到了外面却越想越气。伊瑟不停地说:"太离谱了,你们说这像话吗?"

很不巧,这时候菲利普也带着"猎虎者"上了街,他们夸口要把我们打得落花流水,让我们以后没有脸再到镇上来。

我对菲利普说:"你别担心,反正我也不想再看到任何人。"说完我的脸上已经流下两行眼泪。

菲利普被我的眼泪吓着了,赶紧说:"不要紧,今天我们可以不要比赛,延迟到星期天'旧十字教堂'的野餐

时再说。"

我和菲利普握握手，表示一言为定。但是我已经说不出话来，于是波妮替我解释，吉妮则把缩小的衣服拿给男生看。菲利普马上说："怎么可以这么轻易放过他，这简直是变相的抢劫。"

抢劫?菲利普这句话给了我一个启示。米勒警长的办公室不就在这条街的那一端吗?我们可以去找他帮我们讨回公道。

我们一行人浩浩荡荡往法院的办公室走去，警长一见到我，马上又把上次抓贼的事拿出来夸奖我，他说："自从你立了大功之后，这附近就不再有牲畜被偷的事发生了。"

警长的赞美使我更有勇气把"抢劫"的事说出来。但是他听了后的表情却十分凝重，他说："很抱歉，这件事我也帮不上忙。"

"怎么会……为什么?"我问警长。

警长把椅子往后一推，站起来说："你们跟我来。"

外面草地上，一个正在晒太阳的老人，看我们一群孩子跟在警长后面跑，觉得十分好奇。我们走了三条街，最后到了警长的家。他带我们到后院去看。一个包尿布的小娃娃，穿着一件过大的运动衫。正在沙堆上玩，他看到警长就一直叫："达达……达达……"

警长一把抱起小娃娃,然后问我们:"你们觉得我儿子的运动衫好看吗?"

我们十一个人走了老远的路,当然不只是为了看一件小娃娃的运动衫,但我还是很有礼貌地回答:"那是一件不错的娃娃装。"

"嗯哼!是不错的娃娃装。"身高将近一百八十公分的警长说,"其实那不是娃娃装,而是上个星期六我在'忙碌蜜蜂廉价店'给自己买的运动衫,花了我八毛九分钱,结果缩成了娃娃装。"

"你也受骗了!那么你为什么不……"

"虽然卖劣质商品会得罪顾客,但还不能算犯法。"警长说。

"美少女"和"猎虎者"垂头丧气地走回大街上,活像战败的士兵。难道就这么认输了吗?我们有十个人,而巴特汉只有一个人。"等一等!这场战争我们不能就这么认输。"我以指挥官的口气对大家说。

菲利普问:"不认输?"

我觉得自己是"美少女俱乐部"最好战的会长。我说:"当然不认输。等一下我们在'忙碌蜜蜂廉价店'的店门口一字排开,把缩水的衣服展示出来给大家看,巴特汉先生觉得不好意思,就会把钱退给我们。"

我的斗志一下子变得很高昂,开始跑起来,其他人

也跟着我跑。在"忙碌蜜蜂廉价店"的门口,我们一个女生、一个男生地成一字形排开。我说:"现在我们并肩作战,组成了名符其实的'美少女猎虎队'。"

菲利普对我的建议好像无动于衷,于是我问他:"难道你愿意被称为'漂亮老虎队'?"他只"哼"了一声,等于回答我的话。

有个胖女人带了三个小孩,朝这边慢慢走来。波妮便走上前去,把缩水的衣服摊在胸前给她看,只见那个胖女人摇摇头说:"我最好改去别的店买东西。"

第二个被我们说服的客人是我姐姐安妮,她说她到"便士商店"一样也可以买到洗甲水,不一定非到"忙碌蜜蜂"买。

安妮之后是瑞佛伦·罗斯牧师,他也放弃了到"忙碌蜜蜂廉价店"买手帕的计划,他还说:"你们真是一群可敬的纠察队。"

"可敬的什么?"我问他。

瑞佛伦牧师说:"任何代表上帝维护人间正义的人,我们就称他是'纠察队'。"

长这么大以来,我从来不曾觉得自己像现在这么重要,而且也不曾替上帝执行过特别任务。

这时候又有一家五口朝"忙碌蜜蜂廉价店"的门口走去,我对着他们叫:"别到里面买东西,除非你们想买这种缩水的衣服。"我把运动衫高高举起来给他们看。

那位家庭主妇凑过来看了一下说:"天哪!这不是太可惜了吗?"

"到底发生了什么事?"巴特汉先生也出来观看。

我转头看着菲利普,因为我期望这时候他会站出来说几句话。但是这个自称是"猎虎者俱乐部"最勇敢的人,却只是傻站在那里,像个哑巴。

巴特汉先生巡视着我们这排"纠察队",他说:"怎么都变成哑巴了?最好有一个人站出来告诉我,到底发生了什么事?"

我向前跨了一步说:"你应该知道,我们是在监视你的店,哼!巴特汉先生。"

"你说你们在干吗?"巴特汉先生气得两道浓眉上下颤动。

"我们是……"我觉得口有点儿干,舌头好像被粘住了。"我们是在监视你!"谢天谢地,我终于把最重要的两个字说出来了。

"你们给我听着,"他说,"没有人可以监视我的店,懂吗?"

"是的,先生。"我回答。

"很好,"他露出很虚伪的笑容说,"那么你们赶快离开这里。"

想起瑞佛伦牧师所说的话,我又很勇敢地说:"不,我们不走。"

巴特汉先生提高嗓门吼道:"什么意思?你们最好乖

073　贝丝丫头

乖离开。"

"会的,我们会离开。"巴特汉听到我的话,眼睛眨了一下,好像我说了一句外国话似的。

我又说了一次:"巴特汉先生,我知道你是镇上最有地位的商人,但是想要叫我们离开,除非你先退钱。"

从他的眼神,我感到他已经有些让步了,他说:"如果我退钱给你,那其他在我这里买过坏商品的人,也会要求我退钱。"

在我们的队伍中,有一个人喊道:"退钱!"接着大伙儿一齐喊:"退钱!退钱!我们要退钱!"连街上也有些行人跟着我们喊,声势非常浩大。

店主人垂下双手说:"好吧!好吧!顾客至上、服务第一是我做生意的准则,你们把衣服拿到柜台换钱。"巴特汉先生说话时虽然带着微笑,但谁都看得出来那种微笑是装出来的。

等到他把运动衫的钱退给我们的总务波妮·布莱克之后,我又对他说:"还有一件事,巴特汉先生。"

"只要你们几位小姐满意,有什么不好说的,因为我的生意是建立在公平的原则上。"巴特汉先生回答。

我说:"好!那请你把绣线的钱也退给我们。"

"你说什么?"

我把收据拿给他看:"两块五毛钱的绣线,跟衣服一

齐毁了。"

起先他几乎又要发脾气,但最后还是忍下来了,把钱退给了我们。

"谢谢啦!巴特汉先生。"

第六章

旧十字教堂野餐

　　我用火鸡毛轻轻搔安妮的脚底,但她一点儿反应也没有,于是我把羽毛放在她的脚趾间搔弄。她的脚趾和嘴巴动了几下,我以为这下子可把她吵醒了,没想到她还是继续大睡特睡。

　　难道她忘了今天要参加"旧十字教堂"的野餐?难道她不知道教堂的巴士是不等人的?就算她是第一美女,我们全家也不会等她。到时候,连她的追求者杰森·沙维奇和贺比·费瑞尔也不等她了。

　　我想,叫醒她的最好办法,就是在她背上猛捶一下。正当我高举着手准备打下去的时候,我又想到了另一件事,万一她生气了,不把凉鞋借我穿,那不就糟了?到底有什么方法可以吵醒她,又不会让她知道是我干的?真是伤脑筋。

　　哈哈!我想到了。爸爸的衣柜上有一把手电筒,如果拿来照人,会让人觉得好像睡在大太阳下那般刺眼。于是我拿过手电筒,直照安妮的眼睛。但是她一点儿反应也没有,过了一会儿,才发出一声"嗯哼",然后把脸转向一边对着墙壁。我把手电筒拿得更近些再照,隔了一阵子,安妮尖叫一声坐了起来,好像受惊的小鹿一样。我赶快把手电筒藏在背后说:"啊!安妮小姐终于醒了!"

"我做了一个噩梦,"她惊魂未定地说,"我梦见和杰森·沙维奇在散步。但是天气好热,几乎热得无法呼吸。我想找个阴凉的地方躲起来,但是没有可以遮阴的地方,没有树,没有房子,什么都没有。"

我觉得有些罪恶感,抱着安妮说:"没关系,只是一场梦而已。"

安妮眯着眼睛说:"可是感觉好像真的!不能呼吸,太阳一直照着我们!"

我试着把话题岔开说:"知道今天是什么日子吗?"她没有回答,只是眯着眼看我。"今天是赛跑的日子,也就是教堂的野餐日!如果我们不能在八点以前赶到大马路上,就会搭不到教堂的巴士。"

"你们自己去吧!今天我不想去野餐。"说着她又躺回枕头上。

我把手电筒拿给她看说:"你并没有做噩梦,这个就是太阳,所以你躲不掉。"

"你!"她先看我一眼,然后又看着手电筒。

我说："要是不把你吵醒，就会赶不上巴士；可是如果打你屁股，又怕你生气，不把凉鞋借给我，所以我才……"

她生气地瞪着我!过了一会儿才从床下把那双墨西哥制的凉鞋拿出来，丢在我的脚边，说："下次敢再这样，我就不饶你!"

我急忙摇摇头，表示不敢，安妮才拿着毛巾去洗脸了。

到了七点半，我们的安妮·蓝伯特小姐，终于打扮完毕，对着镜子说："我准备好了。"妈妈把野餐用的毛毯拿出来，爸爸把炸火鸡、鸡蛋沙拉、三明治、玉米面包、爆米花和橘子等吃的东西，装进购物袋，全家浩浩荡荡出发了。

鲁瑟戴着一顶破旧的棒球帽，手里拿着棒球手套。安妮戴着一顶宽边花帽，花枝招展。我则骄傲地穿着新买的运动衫，上面绣着"美少女俱乐部"的字样。只有小本杰明什么也没穿，只包着一块尿布。

根据爸爸的估计，走那条泥巴路到大马路，如果在一月的时候，只要花五分钟，八月的时候要花十五分钟。现在虽然是八月，但是为了要搭上巴士，我们只好用一月的速度赶路。

马路上已经有一些人在等着搭车了，我看到了菲利

普·霍尔一家人。

　　我正要开口问菲利普，"猎虎者"是不是已经做好比赛的准备了，小本杰明却在我的肩上吐了一些奶，把我漂亮的制服弄脏了。

　　"你要长到多大才会停止吐奶?"我边擦肩膀边抱怨。小本杰明已经快六个月了，大部分时间都是我在带他。而他最喜欢做的事，就是打饱嗝的时候顺便吐奶。

　　教堂的红色巴士准时开来，每个窗口都有人探出头来打招呼。车门打开后，瑞佛伦·罗斯牧师走下车欢迎大家。他今天没有穿副教士的衣服，只穿一件印有棕榈树的短袖运动衫，所以看起来一点儿也不像副教士。他殷勤地说:"各位兄弟姊妹和小朋友，欢迎上车。"

　　一上车，坐后座的"美少女"就叽里呱啦地叫我，她们全都穿了新制服，而且帮我"占"了一个位子。

　　我们前两排的位子是"猎虎者"霸占的。菲利普刚一坐下，葛登就向他使了个眼色说:"告诉那些不怎么美的'美少女'，今天的赛跑要她们输得很难看。"

　　波妮戳了一下我的肋骨说:"你告诉那群'猎虎者'，他们连打个蛋都有问题，更别想打败我们了。"

　　"别臭美了!"葛登说。

　　"本来就是这样!"波妮回答。

　　我没有理会波妮和葛登在那里斗嘴，直到我听见菲利普说："别上那个傻女孩的当,你难道不知道,天底下没有女生跑得过男生?这是上帝定下的规矩。"

我猛然站起来,愤怒地指着他说："把那句话收回去!"

"不!"

我警告他:"给你最后一次机会。"

菲利普嘟着嘴说:"我才不听你的,管你什么最后机会。"

"我用'美少女'的制服和你打赌,我们一定会赢。"我说。

菲利普很有信心地笑着说:"好,我们赌你们的制服。"

"如果'猎虎者'赢了,制服就给你们,"我说,"但如果'美少女'赢了,'猎虎者'就得当我们的私人奴隶一个星期。"

"一言为定!"菲利普嚷道。说着,他做了一个战士的握手姿势,好像我们是在许多裁判面前签下战书一样。

"耶稣在聆听,"瑞佛伦牧师以高亢的声音唱着,其他人也跟着起唱:"静一静……耶稣在聆听,静一静。"

所有的人都高兴地唱着,只有"猎虎者"那帮臭男生只顾着玩,没有跟着唱。菲利普把自己吊在行李架上,摇来摇去。

Philip Hall Likes Me,
I Reckon Maybe

　　我警告他说："你最好赶快下来,以免别人把你当作猴子送进动物园。"

　　他松开一只手,挺着胸说："我是伟大的菲利普,山中之王。"

　　经过了风景如画的茵伯顿,我闻到了空气中飘散着松树和月桂树的香味,处处都是野餐的好场所。在一个写着 "哈迪——亚克" 的路标前,巴士的速度慢了下来,有些人开始鼓掌,原来这就是我们野餐的场所。

　　"哈迪"是个绿草如茵的山谷,有一条水流很急的小河穿过。"猎虎者"的男生冲到河边,他们脱掉鞋子和衬衫,就想下去玩水。

　　菲利普往水里走的时候,我在后面叫："小心,你会把脚弄湿。"

　　他回头看我一眼："我是菲尔王,那座山归我管。"他用手指着前面的山说："我决定要做的事,没有谁能阻挡。"

　　我说："你才不是山中之王,你是在做白日梦。"

　　然后他走回岸边,拿起一只我向姐姐借的凉鞋问:"这只漂亮的凉鞋是谁的?"他的语调很客气,好像是在找鞋子的主人,好把鞋子归还给她。

　　"是我的,请你把它放回原处。"

　　他拿着鞋子走近我,用甜蜜的语气说："嗯,小贝丝,

我不知道这鞋子是你的。"

"没错,是我的。"说完我就伸手想抢回鞋子。

没想到他却突然喊:"葛登,接鞋!"同时把鞋往河里扔去。

我紧张得大叫,生怕安妮的凉鞋会掉到水里。我蒙住眼睛不敢看,其实葛登已经把鞋子稳稳接住了。

葛登好像发现了一种新游戏——抛鞋子,他高举鞋子笑着说:"在这里,想要的话,就过来。"

我根本没想到这些臭男生是在戏弄我,就跑上前去拿,但是他却把鞋扔回给菲利普,又传给鲍比、乔丹、乔夏。

"葛登,不要再扔了,求求你,那是安妮的鞋,墨西哥制的,很珍贵,不能沾到水。"我一直对他们叫喊着。

"是这样子吗?那你过来拿呀!"他故意把鞋子在我面前晃一晃。

我心里想,他又在戏弄我了。干脆我以闪电般的速度来抢好了,可是万一没抢到呢?我不能冒这个险,如果鞋子真的掉到水里,安妮大概一辈子都不会理我了。看来我还是求他们停止游戏好了。

葛登又要起嘴皮子说:"你要鞋子是吗?那就来啊……"

菲利普突然一把将凉鞋抢过来,他说:"你没听见贝丝说,鞋子不能沾到水吗?"说着,他把鞋子递给我,然后跑开了。

妈妈在树荫下把毯子铺开,将食物全摆在上面。参加野餐的其他家庭也纷纷把各色各样的野餐布铺起来,转瞬间,草地上就像开满了花朵一样,煞是美丽。用餐完毕后,瑞佛伦牧师开始分送冰激凌。

安妮和葛登忙着争辩"美少女"或"猎虎者"哪一队会赢,差点儿就没吃到冰激凌。其实我很希望大家都忘掉赛跑这件事,因为万一我们输了,"美少女"的漂亮运动衫没了,她们一辈子也不会原谅我。

葛登拿了一根树枝在地上画了条线说:"我们从这里起跑,到河边再跑回来,总共跑五趟。"我本来只知道菲利普比我们女生高,但现在又发现,原来葛登也比我们高。高个子的人腿长,当然跑得快,不是吗?

我对葛登说:"你不必在那里自定比赛规则,你又不是'猎虎者'的会长。"

葛登瞪了我一眼,走到河边去叫菲利普回来,我则躺在毯子上想事情。我告诉自己,如果能够把"美少女"从困境中解救出来,下次我绝对不敢再说大话了,以免自找麻烦。

我看了看其他人,希望大家也和我一样忧虑,但是好像没有一个人。爸爸在念《火鸡世界》杂志的回信给摩斯·霍尔先生听。他念着:"亲爱的蓝伯特先生,很抱歉这么久才给你回信,我实在想不通是什么动物偷了你的火鸡。经过慎重的考虑,我还是得到一个结论,偷鸡贼很可能只是个心理变态的男生!祝你一切平安!'万事通'汤玛斯·麦葛伯谨上。"

葛登很有礼貌地站在一旁,等爸爸把信念完了,才向霍尔先生抱怨说:"菲利普不知道跑到哪里去了,没有会长我们就无法比赛。"

"他不是跟你在一起吗?"霍尔先生说,"他也没回来和我们一起用餐,我以为他跑到别人家去打游击了。"

葛登回答:"我只看到他在河边玩,然后就不见了。"

霍尔先生和爸爸对看了一下,两人同时跳起来,往河里冲去。我也跟在他们后面跑。但是河边并没有他的踪影,他到底在哪里?我抬头对着天空祈祷说:"上帝啊!求你保佑,让他平安无事。"

我望着苍翠的山脉说:"上帝,你一定可以让菲利普平安归来。因为你是宇宙之王,山中之王。"山中之王?我到底在哪里听过这句话?对啦!是菲利普说的。

霍尔先生跑到河里,不断地呼叫菲利普的名字。我对他喊:"霍尔先生,霍尔先生!"隔了一会儿他才抬头看我,我发现他的额头皱得和洗衣板一样。我把菲利普曾经自称是山中之王的事告诉了他,但他根本没听进去。

我不死心地说："我们应该到山上去找菲利普才对。"

于是我回头去找爸爸，他的反应和霍尔先生一样。所有的人都聚集到河边，紧张地寻找一个其实不在那边的人。

我当然想到了鲁瑟，他是个愿意听取好意见的人。我找到他的时候，他正和安妮专心地在河边搜寻。我告诉他，菲利普曾经吊在巴士行李架上，自称是山中之王。鲁瑟疑惑地看了我一会儿，又回头向河边走去，我大叫："我要上山去把菲利普带回来。"

要爬山先得穿越一片广阔的农田，在远处有一部红色的拖拉机正在工作。那座山起初看来并不觉得远，但是等我开始向前走的时候才发现，它可没有想象中那么近，我走了好久才抵达山脚下。这时候天色已经慢慢暗下来，气温也突然变得很冷。我的信心已经有些动摇，在这么辽阔的山里，我要如何寻找一个小男生？

我学着电影中的印第安人，把耳朵贴在地上听。好像听到了大地的心跳，或许应该说是听到了自己的心跳。我听见夜莺和山泉的声音，但就是没听到半点菲利普·霍尔的声音。

我走得两腿发软，但是我告诉自己一定要继续往上爬。多么希望这时候有辆火车送我上山。我最喜欢的凉鞋，现在已经把我的右脚后跟磨出了一个大水泡。

天色越来越暗,气温也越来越低,我大叫一声:"菲利普!"然而在寂静中听到自己的声音也怪可怕的。

我坐在铺满松叶的地上稍做休息,脑子里思考着应该继续前进还是后退,但实在很难做决定。也许是我自己太笨了,没弄清楚菲利普到底在哪里,光凭着一句"山中之王",就一个人上山来找他。搞不好他现在正在和鱼儿玩,或许是在巴士上睡大觉,谁会想到去那里找他?

越来越冷了,我多希望自己带着毛衣,或是留在家里。我的身上一直在起鸡皮疙瘩,怎么摩擦也擦不掉,真是受够了,我要下山去!

当我站起来拍掉身上的松叶时,突然听到了一种声音,好像是哭声。我仔细地听着,但那声音却没了,会不会是我自己的想象?不,我真的听到了,而且是从山上传来的,那是菲利普的呻吟,我对着山喊叫:"菲利普,是你吗?"

我开始朝山上跑,脚下的松叶有点儿滑,好几次差点儿跌倒。"菲利普!"为什么不回答?我把手拢着嘴巴继续叫:"菲利普,我在叫你,听到了吗?"

这一次运气好,终于听到了哽咽的声音:"贝丝,是你吗?"

"没错,是我。"我跑到一块巨大的花岗石前,但是却分不清方向。我从哪个方向来?应该往哪边去?"菲利普,

你在哪里?"

有个啜泣的声音回答:"我在这里。"

松树长得密密麻麻,天色又暗,我根本弄不清他说的"这里"是在哪里。

"这里!这里。"菲利普的声音听起来像是在我背后,但是不可能啊,如果我面对着山,他的声音怎么会在我背后?我得先把方向弄清楚。我又喊:"菲利普,你继续说话,不要停。"

"一百、九十九、九十八……"

菲利普数到九十的时候,我辨出他的方向了。我向前走了几步,然后停下来听。"七十九……七十八……"他的声音越来越大,我想应该快找到了,是不是在树丛下?但是那里没有人。"五十二……五十……四十九……"

谢天谢地,终于找到了!他靠着一棵树坐着。起先他看到我显得很高兴,但是没一会儿工夫,他就把头扭向一边,不看我了。

我问:"我上山来找你,你不高兴吗?"菲利普没有回答,只是一直把脸背着我。我搞不懂他在想什么,难道他真的想到山上当大王?我正准备骂他莫名其妙时,却看到他的脚肿得很厉害,而且有淤血的样子。"你的脚受伤了?"

他把脸转过来对我说："被树枝绊倒了,撞到了石头
……很痛。"虽然天色很暗,但我还是看见他说话的时候
眼睛红红的。

"当然痛啦!"我对他说。这下子可好了,他跛脚,我
迷路,天啊!看我们怎么下山。

"你身上有没有带吃的?"菲利普的表情似乎在期待
一块大饼。

我把手伸进牛仔裤的口袋掏了一掏,想让他知道我
什么也没带。没想到却摸到两块水果口味的小饼干,还
有一块拆封却还没吃过的巧克力,我说："你连午餐都没
吃。"

"我当然知道自己没吃午餐,还用你来告诉我。"他
从我手中把吃的东西拿走了。

"你的脚还能走路吗?"我问他。

菲利普摇摇头说："我连不动都会很痛,怎么可能走
路?"

"如果用拐杖能走吗?"我又问他。

他看了一下四周,好像认为我会带拐杖来似的。我
解释说："我没有带拐杖,不过我就是现成的拐杖。你只
要用手攀着我的脖子,依靠我就好了。"于是我们就这样
开始往山下走。"左脚,右脚,左脚,右脚……"我轻轻地
喊着,但后来就没声音了。

　　他问:"你为什么不继续喊?"

　　"累得喊不出声了。"没想到菲利普这么重,走了一会儿,我告诉他,我必须休息一下。

　　菲利普用没有受伤的脚轻轻踢了我一下,开玩笑地

说：“你真是一支好拐杖。”

我不想把体力浪费在说话上，所以我只回答：“难道拐杖还有坏的不成!我猜在我找到你之前，你一定笑不出来。”

休息了一会儿，我们又继续赶路。两个人用三只脚，走起来真的很累，我觉得肩膀好像快被菲利普压垮了，只好说：“……休息一下。”然后慢慢地让菲利普坐下来。

他抱怨说：“才没走几步路就要休息。”

“难道就没有人说过你重得像头牛？”其实我想说的还不只这句话，我还想问他：“你背过这么重的男生吗？到底是谁走得慢？”只是我已经没有心情和力气说话，因为我只想躺在地上好好儿休息。

走着，走着，我突然想起了故事里的“泰山”用树藤荡来荡去，根本不用着地，不是也横跨了整个非洲大陆？可是我抬头一看，阿肯色州的针叶树上，并没有长树藤。一路上，我们两人都没说话。菲利普有时候会以手势指示我方向。

皇天不负苦心人，最后我们还是走到山脚下了。我们庆祝的方式就是筋疲力尽地躺在地上休息，一动也不动。后来我还是打起精神站起来，可是我觉得全身无力，距离野餐地点还有好长的路程。

我一直告诉自己要勇敢向前走，要当菲利普的好"拐杖"，但现在不一样了，我再也帮不了任何人，因为我的背痛得要死，就算菲利普不把重量加在我的肩上，我的背也快直不起来了。

我指着远处的红色拖拉机对菲利普说："你会开那部机器吧？"

他非常肯定地回答："当然。"

想起那走一步痛一下的感觉，我不放心地问："你看要走几步才会到那边？"

"没几步。"他回答。

"你说的没几步，到底是几步？"

这一次他仰起头很用心地计算着："嗯……没几步。"

"那我们就走吧！"我扶他站起来。当他猛然把手搭到我肩上时，我大叫："噢……二……三……"我猜想他一定很讨厌我这样子计算，"十八……十九……二十……"可是我只有这样数，才能帮我忘掉疼痛。"三十五……三十六……三十七……"但是菲利普却默不作声。"四十五……四十六……"当我数到第四十七步时，我们同时伸手摸到拖拉机了！

菲利普爬到驾驶座上，开始操作开关。他先把"点火杆"往上推，接着把"发电杆"往下推，然后对着我叫："去转启动杆！"

我跑到这辆老爷拖拉机前面,把启动杆转了一下,但是没有反应。"快动呀!老天爷。"我用力转了两圈,"拜托,别和我们捣蛋!"然后使出吃奶的力气转了三圈。谢天谢地,引擎终于启动了。

我爬上去坐到菲利普身边,看着他把变速杆往下扳,拖拉机开始朝野餐场地前进。"万岁!"

当菲利普把拖拉机开进山谷的时候,瑞佛伦·罗斯牧师吃惊地看着我们,好像我们是《圣经》上的奇迹再现似的。他大叫:"赞美上帝!"

爸爸、波妮、葛登,个个垂头丧气地坐着,好像正在哀悼好朋友。菲利普把拖拉机绕着他们开,同时大叫:"嘿,大家好!"他们把目光全部集中在菲利普身上,好像他是地心引力的中心一样。

菲利普问:"他们是怎么啦?没看见过拖拉机?"他把拖拉机开到河边。那里有许多人坐在地上,把头垂在两手中间,有些人还拿已经湿了的手帕擦眼睛。

菲利普又看到他妈妈站在河边,双手抱着胸盯着河水看。他大声喊道:"妈,你好!有没有好东西可以吃?"

霍尔太太睁大双眼,一副不敢相信的表情,然后"咚"的一声跪在地上说:"谢天谢地!"

菲利普把引擎关掉后,我先爬下去,霍尔太太紧紧抱着我说:"贝丝,你真的把我儿子找回来了!"然后她指着菲利普大骂："你这个浑小子，害得我们担心死了，在我的气消之前，你别想和我说话！"说完她掉头就走，我从来没看见过她走路像今天这么快。

菲利普高高坐在拖拉机上望着我，像是个没有主张的小孩儿，他说："不知道妈妈是爱我，还是讨厌我？"

我想了一下说："这个嘛……她讨厌你让她担惊受怕，但其实我们都是爱……我的意思是，她当然爱你，菲利普。"

第 七 章

养 牛 比 赛

我们面对着"四健会"的海报,齐声朗诵说:"我发誓要永远保持头脑健康、心理健康、四肢健康、身体健康,以服务我的俱乐部、我的家庭、我的社区、我的国家。"

接着菲利普以木槌敲了一下桌子,宣布阿肯色州波卡洪塔斯镇的"四健会"正式开会。他要求每个人轮流起来报告个人计划,以及下星期六参加农畜产品展示会的准备情况。

虽然我是第一个举手的,但菲利普却点头让波妮·布莱克发言。她报告了自己在缝制衣服时所遭遇的困难,啰里啰嗦地讲了一大堆,结论却是:"我已经做好了,可以参加比赛。"

我拼命地挥手,但主席还是故意视而不见,他又让吉妮先发言。吉妮慢吞吞地站起来,好像只有她一个人等着发言似的。她也是花了很长的时间解说如何把蔬菜装罐,结论是:"我的胡萝卜、马铃薯和青豆已经等不及

要参加比赛了。"

我以为下一个就轮到我了,没想到菲利普却叫葛登报告他参加拖拉机修护比赛的准备情形。他说:"我已把修护手册从头看到尾了,一字不漏,所以没问题。"

葛登每个星期六都到"朗道夫郡拖拉机中心"打工,所以我们"四健会"的会员一致认为,修护比赛的"蓝带奖"非他莫属。

接下来,是乔登和乔夏兄弟报告养猪计划。他们的报告也一定是又臭又长,我心想,等他们报告完毕,小猪大概也长成大猪了。但是出乎意料,他们却很快就结束了报告。

菲利普带着微笑,好像故意把压轴好戏留给我似的。你们说,他是不是很体贴?等一下他叫我起来报告我的乳牛麦迪莲,我一定要装出受宠若惊的样子。

但他一开口却是:"我把我的乳牛命名为李奥纳德,因为它一点儿也不像母牛,它和公牛一样勇猛聪明。哞——"

我简直不敢相信,那个臭男生居然还是没叫我!我告诉他:"当李奥纳德长大后,还是要被挤牛奶,你不如将它改名为李奥娜。"

除了主席之外,所有的人都大笑起来。没等大家笑完,他又开口说:"李奥纳德出生十天后,除了吃奶,什么都不吃。于是我想出一个妙计:我把谷粒先浸些牛奶,然后拿给它闻,结果它一口就把谷粒吃掉了,从此它就开始吃谷物了。"

菲利普停了一下,似乎等着别人称赞他的聪明。我逮着机会赶紧挥手,并且不停地站起来又坐下,但他只谈论他的养牛食谱,根本不理我。

我突然想起来了,他不让我谈论麦迪莲是有原因的。我曾经告诉过他,有一天如果我们家唯一的母牛毛迪生小牛,我会按照"四健会"的计划去照顾它,爸爸也说,这对我将来当兽医很有帮助。

问题出在菲利普不相信,我们家背部下垂的毛迪生下来的小牛麦迪莲,会和霍尔农场的牛一样好。另一个问题是,男生输不起,尤其是输给女生,那就更丢脸了。

菲利普又停了一下,我赶紧跳起来叫:"主席先生,这下子该轮到我发言了吧?"

菲利普说:"如果你非说不可,那就说吧!"

"嗯!麦迪莲是泽西种的牛,它没有荷斯顿的牛那么壮大。麦迪莲刚出生时才五十磅,而大部分荷斯顿种的牛,一出生就有一百磅重。"

"你是不是打算把所有品种的牛都介绍完,才肯停止?"菲利普尖刻地说。

"如果你一直这样打扰我,叫我怎么说得完呢?"我故意停下来,确定他不再打扰之后,才又继续说:"我们不能期望豌豆长得和梨一样大,当然我们也不能期望泽西牛长得和荷斯顿牛一样重。"我又加强语气说:"但是,根据'美国农业局'的报告,一头三个月大的牛如果体重有一百三十八磅,就很不错了。但是你们知道我的麦迪莲有多重吗?"

"不知道!"菲利普回答,口气好像他不想知道,也不屑于知道。

"麦迪莲现在重达——"我故意停顿一下子说:"一百五十磅。"

吉妮听了马上为我鼓掌,波妮则说:"足足多了十二磅啊!"

菲利普挥手示意要大家安静:"贝丝小姐,没得到蓝带奖之前先别洋洋得意!"

我反驳说:"我知道了,自从我的麦迪莲成了李奥纳德的强劲对手后,你就开始紧张了。"

"你以为我和李奥纳德怕你们?哈!哈!哈!"菲利普发出很自信的笑声,但谁都看得出来,那是假装的。

我当着所有人的面对他说:"你至少说对了一半。"说完我就转身朝门口走去。但是看我们的主席一脸疑惑地站在台上,我又补充了一句:"李奥纳德也许不怕,但我觉得菲利普·霍尔先生一定怕。"

晚餐的时候,妈妈看我没吃什么东西,问我是不是把胃口留在"四健会"了。我说我满脑子只有麦迪莲,她却以不相信的表情看着我。

天黑后,我提着煤油灯悄悄到谷仓看麦迪莲。"哈啰,小乖乖!"我把一大片玉米面包递到它面前,它伸出舌头把面包卷到嘴里。

我告诉麦迪莲:"你一定和妈妈一样,认为我是为了男生说的话难过!"我用拳头打了它一下,麦迪莲好像很委屈,又缩回到角落去。

"天哪!我怎么会这样?亲爱的麦迪莲,我不是故意要打你,只是那个臭男生惹得我好生气。"

麦迪莲好像听懂了我的话,所以又走过来了。我抚摸着它的头,但脑子里却想打另一个人的头。谁说女生养的牛不能和男生养的牛一起参加比赛?我一直在担心,如果书念得比他好,甚至牛养得比他好,他会不喜欢我。但现在不一样了,我怕万一输给他,会使他变得更自大。

星期六早上八点整,我们全家人便带着麦迪莲,乘坐爸爸的货车前往"高山村",参加一年一度的"朗道夫郡农畜产品展示会"。我和鲁瑟轮流安抚麦迪莲,为它加油打气。我说:"亲爱的麦迪莲,别害怕,你一定会赢。"鲁瑟则说:"麦迪莲,你是我所见过的最具冠军气派的牛,

你真是漂亮极了。"

　　经过几公里颠簸的路程,我们抵达展示会的会场。在会场内,大家忙着摆放自己的农产品,家禽和家畜则被带到畜栏里。一个身穿裁判制服的先生说:"嗨,小妞儿,把你的小牛带到那边,好好儿准备一下。"

　　"小妞儿?"我最讨厌人家这么叫我,尤其叫我的人是个高个儿的大胖子。如果我叫他"小子",不知道他会作何感想。

　　我带着麦迪莲进入临时搭建的牛棚,有许多男生已经在那里帮他们的小牛做最后的整理。我把麦迪莲带到第一个空的栅栏里,它用棕色的眼睛望着我,好像在问:"下一步要做什么?"

　　我拿出棕色的鞋油擦它的牛蹄,一面对它解释:"我要把你打扮得更漂亮一点儿,其实你已经够漂亮了,裁判先生一定会给你高分。"

　　我用绒布把它的蹄擦亮后,又拿出刷子帮它把毛梳亮。这时候我听到刚才那个胖子的声音说:"小子,你的牛可真漂亮啊!"我回头一看,和保森先生走在一起的是菲利普和他的牛。

　　"啊!菲利普,李奥纳德看来真漂亮,你的确把它养胖了。"虽然我们之间有些敌意,但是我却能想出这么客气的话来。原来在上个月度过十二岁生日后,我真的悄悄

长大，懂事了。

菲利普笑得好得意，说："你知道吗？出生十天后，它还是只吃母乳，我打赌你一定不知道该如何喂它。"

他老是忘记这件事已经说过好几次了，但我还是假装没听过。我说："嗯……这个嘛……我想我也许会把谷物蘸些牛奶去引诱它。"

他有些吃惊地问："你怎么知道？"

我笑他说:"你早就对'四健会'所有的人说过了,真是健忘。"

他挥舞着拳头说:"养牛是男生的事,我一定会打败你。"

"谁说的?"我这样问其实是多此一举。

他挺起胸膛说:"我说的!"

我抓着麦迪莲的绳套说:"我什么也没听到,那只是臭美罢了。"

菲利普吐了一下舌头,拉着李奥纳德就要走,但牛儿却不大听话,看得我好高兴。

到了十点钟,所有的农畜产品都陈列好了,有花卉、食品、手工艺品等。保森先生走到帐篷的门口向大家宣布:"展示会开始!"没一会儿工夫,会场里已经是人山人海,好像全朗道夫郡的人都来了。"美少女俱乐部"的伙伴们也过来替我加油,并且提醒我"只准赢不准输"。

我看到"猎虎者"的男生也聚在菲利普的栅栏前,他们在出什么主意,不用说我也猜得到。

"想赢我没那么简单。"我一面为麦迪莲刷毛,一面对自己说。

保森先生沿着牛棚边走边喊:"裁判马上就到。"

我赶紧拿出我的秘密武器——能清凉提神的薄荷叶。麦迪莲一口就把薄荷叶咬走了,但马上又吐掉了。虽

然才咬了一下,它的精神却好了很多。

队伍开始移动,我算了一下,总共有七个男生和我一起比赛。没想到排在最前面的竟然是李奥纳德,虽然它一副雄赳赳的样子,但我还是不喜欢它,就像我不喜欢菲利普一样。

绕场一周后,我们回到各自的栅栏,并且设法让牛儿振作精神,把头抬高,好给裁判留下好印象。人群中也响起热烈的掌声。保森先生以手势叫大家再绕场一周,他则站在中央观看;然后又反方向走一圈,这一次观众的掌声更大而且更持久。我想到其中有些掌声是给我的,心中不禁感到一阵骄傲。

我在人群中寻找爸爸、妈妈、鲁瑟和安妮,希望看到他们也有一副和我一样骄傲的表情。但是我只看到了安妮,她的左边是贺比·费瑞尔,右边是杰森·沙维奇。我对他们大叫:"你们好!"

然后我就听到鲁瑟的声音从另一个方向传来:"嘿,在这里!"我正准备回头,却发现麦迪莲在低头吃草,真是丢人现眼。

我赶紧把它的头往上拉:"麦迪莲!你真是丢脸,裁判正在评分呢!"幸好保森先生这个时候正背对着我们,所以没看到,要不然可就完蛋了,真是谢天谢地。

看着麦迪莲美丽的眼睛,我又觉得不忍心,于是轻声对它说："你没有错，我刚才不应该责备你，因为吃草是动物的本性。"

裁判在一头牛的屁股上拍了一下，用手指头指指牛棚的门，表示它已被淘汰出局，男孩带着牛伤心地离开了。然后他走过李奥纳德，拍了拍另一头牛的屁股，又一头被淘汰了。

当裁判来到麦迪莲的面前时，我紧张得大气也不敢喘，心中一直祈祷，希望裁判会让我们过关。他肯定地点点头，我知道那代表我们还在比赛的行列里。

裁判来回走了几次，又有一头葛思西牛和泽西牛被淘汰，但这头泽西牛并不是我的。现在会场中央只剩三头牛了，他们是李奥纳德、麦迪莲和一头有花斑的艾夏牛。

保森先生在艾夏牛身上仔细地检查着，他突然摇摇头，用手指着牛棚的门。再见啦!艾夏牛。

当菲利普叫他的牛转个方向时，我看到他用眼睛斜视我，好像在说："现在是我们两个，但马上就只剩下我一个了。"

我没有理会他，因为我有更重要的事要做。我轻轻地吹了一声口哨，麦迪莲听到口哨声，就把头抬起来，好像在探测风向。我又吹了一声，没错!就是这样，牛小姐，保持这个姿势，让自己看起来像个冠军。

保森先生再度检查李奥纳德和麦迪莲。我偷偷看到他用手抚摸着下巴，很用心地在思考。他看看李奥纳德，又看看麦迪莲。我继续轻声吹口哨，那声音只有麦迪莲才听得到。

裁判叫我和菲利普把牛带到场中央，他以洪亮的声音说："各位先生女士，冠军产生了。"我紧张得心脏都快跳出来了。"今年的乳牛选美'蓝带奖'和五元奖金，我很荣幸地要颁给伊丽莎白·罗伦·蓝伯特小姐，以及她三个月大的乳牛麦迪莲。"

现在所有的掌声都是我的了。我的伙伴们开始欢呼："'美少女'加油！'美少女'加油！"妈妈和爸爸的掌声有如雷响，连小本杰明也向我挥舞他的小手。如果他会说话，我相信他一定会喊我的名字。

保森先生挥手要大家肃静，然后他宣布菲利普得到亚军的"红带奖"和三元奖金。不过他获得的掌声没有我那么多，甚至连"猎虎者"的欢呼声也有气无力。菲利普低着头，我看得出来那是一种羞愧的表情。他是觉得对不起全世界，还是对不起"猎虎者"的会员？

我的家人全部冲到会场里，跑在最前面的是妈妈，她一把抱住我，似乎想把冠军得主看个清楚。她说："我的好女儿，真不知道你怎么会这么聪明，我这辈子从来没有像现在这么骄傲过。"

　　"噢,妈妈!"我把头靠在她的肩膀上,以免被她看到我眼中的泪水。我已完成一部分梦想,让她引以为傲,我还担心什么呢?

妈妈抬起我的脸看了又看说："菲利普不可能生气一辈子的。"

"你真的这么想吗?"我已经有些相信妈妈的话了。

"如果我不相信,又怎么会这么说?"妈妈回答,"何况你只是把你最好的一面表现出来而已。"

"好一个了不起的女儿啊!"爸爸从腰部将我搂起来在空中旋转。

安妮也来了,我从她手中将本杰明抱过来。他在我的脸颊亲了一下,弄得我半边脸都是口水,不过比在我肩膀上吐奶要好多了。

接着是我的那群死党,半跪在地上绕成一个圆圈,把我的家人和麦迪莲围在中间,波妮带头喊:"'美少女'加油!加油!加油!"然后跳起来欢呼:"贝丝万岁!蓝伯特万岁!贝丝·蓝伯特万岁!"

过了一会儿,我们一帮女生结伴四处参观;同时为吉妮加油打气,祝福她的罐装蔬菜也能得到"蓝带奖"。

好多人都对我微笑点头,恭喜我得到大奖,这种被人赞美的感觉真棒。可是……人群中我要寻找的那张脸,我期待的那个笑容,怎么一直没出现?他会因为这种打击而不理我吗?算了!暂时不想这件事。

下一个竞赛项目是裁缝。虽然我们联合起来替波妮祈祷,但是"蓝带奖"还是被"高山村"的一个女生拿走了。在我们看来,她的手工根本比不上波妮。叫人更泄气的是,"红带奖"也落入别人的手里,波妮连最后的荣誉奖也没得到。虽然失败了,但是午餐的时候,波妮却吃得比谁都多,也许她觉得裁缝比赛输了,吃东西可不能再输。

下午一点,罐装食品比赛开始,当裁判逐一检查参赛的作品时,吉妮站在一旁紧张得好像是母牛要生小牛。我拉拉她的手安慰说:"别紧张,又不是世界末日到了。"

吉妮的胡萝卜虽然入围了,但最后还是没得奖。不过她反而松了一口气说:"我在罐里塞的胡萝卜太多了,明年我会改进。"

拖拉机修护赛在两点钟举行。所有的观众都移到另一个场地。那里总共有六部拖拉机,每部都有相同的毛病。六个参加比赛的男生,提着相同的工具箱,哨音一响,他们就开始找毛病。六分钟后,葛登·詹宁是第一个把拖拉机修好的人,他获得我们"四健会"最热烈的喝彩声。

突然,在人群的远处,我看到了菲利普。我悄悄穿过人群打算去找他,但是等我到了那个地方他却不见了。我告诉自己,不要太在乎。

夕阳西下后,会场的灯一盏一盏地亮了起来,一个由卡车改装成的大舞台出现在我们眼前,上面有块招牌写着:欢迎方块舞之王,史基尼·贝克。

"我看舞会马上要开始了。"我对伙伴们说。她们显然很兴奋,拉着我躲到旁边,开始重新打扮自己。这时候波妮告诉我们一个秘密,她说今天晚上葛登要当她的舞伴。接着,吉妮、苏珊、伊瑟也说出相同的秘密。原来她们早就找好了舞伴,却一直不敢说出来。

这下子"美少女"有一个人落单了,即使她是个"蓝带奖"得主,还是没有人可以陪她跳舞。

当舞台上传来史基尼·贝克的音乐时,女孩们就迫不及待地摇摆起来,好像不愿错过方块舞的每一个舞步。我一个人留在黑暗的角落里,看着他们婆娑起舞,心里很不是滋味,可是该怎么办呢?

我仰望满天繁星,期盼它们能像城里的霓虹灯一样,排出一行字,告诉我该怎么做。我对着上帝说:"我不急,等待三或五分钟没关系,不过要先谢谢你为我的事伤脑筋。"

我躺到草地上,闭着眼睛(其实在偷看),等待天上的星星发生奇迹。虽然没有手表,但是我知道十分钟有多长,因为我记得妈妈常常借着收音机里播放的歌曲,来计算煎蛋的时间,一首歌大约是三分钟。

所以当史基尼唱完第三首歌,准备唱第四首时,我喊道："上帝,你准备好了没有,我要睁开眼睛了!"说着我睁开眼睛一看,天上的星星还是星星,没有丝毫改变,我朝东西南北的方向找了又找,还是一样,上帝没有给我任何指示。

我对着最大最亮的一颗星星说："也许我懂得不够多,但是,上帝,你不是一向有求必应吗?"

我站起来,拍拍身上的草又说："好吧!既然你不告诉我该怎么做,那么我只好用老天爷赐给我的聪明脑袋,自己做决定了。"

我从黑暗的角落朝着灯光和音乐走去,在许多脸孔中找寻我要的那张脸。但是在哪里呢?这个臭男生,这一辈子我都不想再见到你了!

在人群里,爸爸和妈妈正舞得疯狂,我没想到他们还能这样跳舞。再看看安妮和杰森·沙维奇,两个人跳得甜甜蜜蜜;而我那些好姊妹,也和她们的舞伴玩得很开心。这时候好像全世界的人都在跳舞,只有一个美少女孤孤单单,还有一个不知死到哪里去的"猎虎者"勇士。

如果他不在草地上跳舞,也许会站在旁边当观众,于是我绕着会场边缘寻找,每个背影都仔细看过,但是没有一个是他。

大家都成双成对,只有我是一个人,看来只好到牛棚去找麦迪莲了。我自言自语："现在你是冠军牛了,总

该有时间倾听我的心事吧!"

我一踏进牛棚,就看到它浅褐色的头露在栅栏外,我对它说:"你的样子蛮不错的,正好可以拍个广告,主题叫作'满足的牛'。"

我抱住麦迪莲的脖子,靠在它的耳边说:"我虽然喜欢'蓝带奖',但是我不喜欢因此失去一个最要好的朋友。"麦迪莲发出一种好像是同情的声音,于是我继续说:"他为什么要怪我,难道是因为我比其他人强吗?可是我本来就是这样,不信你可以去问我妈。"

说到这里,我才突然想起来,麦迪莲怎么可能去问妈妈任何问题。不过我还是继续说下去,反正它也不知道我哪里说错了。"麦迪莲,说老实话,如果今天得到'蓝带奖'的人换成他,而拿'红带奖'的人是我的话,我绝对不会生气。"

突然,在另一边的栅栏里传来一阵牛蹄声,我抬头一看,正好看到菲利普从李奥纳德的栅栏里爬出来。我太意外了,什么话也说不出来,只是呆呆地望着他,而他也是不说不笑,表情沮丧。隔了一会儿,他终于先开口了,但也只是一声:"嗨!"

我也回答:"嗨!"但接下来又不知道该说什么好。菲利普低头看着地,我则仰头数着牛棚上的横梁,好像我们两个从出生以来,就没学过说话似的。

最后,我忍不住了,便随口说:"抱歉!我应该让你赢才对。"

菲利普双手撑着臀部说:"你以为那是我想要的?!"他的口气很坚定,"你看我像是个希望别人让我赢的人吗?"

"不,菲利普,我只是想……"

他打断我的话说:"其实你最近一直在赢,对你来说,那已经是习以为常的事,但是输可就没有那么好受。"

我回答:"应该是吧!"

"不,你早就忘记了输是什么滋味,如果你还记得的话,你应该会了解,那种感觉需要一点儿时间才能适应。"

"那么你适应了吗?我的意思是适应一点儿了吗?"

菲利普点点头说:"我又不是三岁小孩。"

"这个我知道,"我告诉他,"因为我看得出来你在逐渐成长。"当我看到他的脸上露出一丝勉强的笑容,马上对他说:"走吧!我们还来得及参加方块舞比赛。"

他停顿了一下说:"我不想再和你一起去参加比赛,今天不想。"

我说:"这你就不懂了,这次比赛是配对的,所以我们不是一起赢,就是一起输。"

当我们手拉手奔向辉煌的灯光,奔向音乐时,菲利

普对我说："贝丝·蓝伯特,有时候我觉得自己还是挺喜欢你的。"这时候,围绕在我耳边的是史基尼·贝克迷人的音乐,和菲利普甜蜜的声音。

书评

我也想有一个
贝丝丫头

王莉萍/资深编剧

这是一个十二岁小丫头的生活故事。

你可千万不要因为它不像别的童话故事那样曲折离奇惊天动地，就撅起你的嘴巴嗤之以鼻。

我想只要你耐心地翻上那么两三页，一定也会被这个叫作贝丝的丫头给迷住的。

反正我完完全全是喜欢上这个丫头了，还想着以后自己要是也能有这样一个女儿该有多好！

废话少说，让我们看看贝丝丫头都给我们带来了怎样的欢喜和感动吧。

首先，她有一个聪明的脑袋瓜儿，贝丝

的聪明可不光是每次考试的成绩都名列前茅,她在生活中的智慧才是最让人刮目相看的。

爸爸的火鸡老是被偷,贝丝带着伙伴蹲守,并且在爸爸的支援未到的时候用手中的玩具枪就将小偷给镇住了。

贝丝丫头很勇敢很大方,火鸡事件只是其一。她的勇敢还体现在对待自己喜欢的男孩菲利普的态度上。当菲利普觉得和女孩子黏糊太丢人而没有请贝丝参加自己的生日派对后,贝丝毫不客气地嘲笑了他的懦弱,当然了菲利普也不算太差,在被贝丝指责后大大方方地向自己的男孩军团承认了与贝丝的友谊。一个小女孩,能够这样的坦诚大方、干脆利落,真是让人不得不竖起大拇指。

贝丝还有一件壮举是我最佩服的。她和小美女们在商店买了新T恤本来准备在男孩面前臭美一番的,结果一洗却褪了色缩了水,贝丝丫头坚持让奸诈老板退货被拒后,干脆在店门口举着T恤示威并且劝告前去买东西的顾客。当然,最后她们心满意足地得到了属于自己的退款。小小年纪便懂得想办法维护自己的合法权益,这可是很多成年人都做不到的。毕竟我们只有在懂得保护好自己的前提下,才会有能力去保护更多的人。

我们的贝丝丫头还是一个很有远见的姑娘呢。

　　她立志要当镇上第一个兽医，这可让本身并不富裕的家里有些为难，贝丝才没那工夫沮丧呢，说干就干，她开始自己筹措上大学的费用，与菲利普一起把自家的蔬菜水果推着车子去摆摊兜售，向着自己的理想出发，这可不光是想的事情，我想这也是我们都需要学习的地方，去做比想可重要得多。

　　贝丝丫头就像很多小丫头一样有爱心，喜欢猫猫狗狗的，为了能养上属于自己的宠物狗，她甚至不顾自己的过敏症，也要将小狗狗们留在身边，一边痛苦地打喷嚏一边又忍不住和小狗狗们玩耍。在她眼里，它们都是独一无二的，所以她会给它们每一个都起名字，即使只是短暂的相处，在离别的时候也会哭鼻子，她会在心里记得它们每一个。

　　当然了，作为一个姑娘，贝丝丫头理所当然地也爱美，不仅如此，她还是美女纠察队的队长呢。她们会组织自己的娱乐活动，并且常常会和菲利普等男孩们打擂台，青春期男女之间朦朦胧胧的美好，那种表面上的相互较劲和打心底里的喜欢在乎，总是让人不自觉地嘴角上扬，那些美好温暖的时光一下子就溜到了脑子里，满满的都是回忆哟，那些不再回来的青葱岁月。

　　贝丝丫头的故事还有好多好多，在每一个平淡的日子里，她都用自己的方式讲述属于她自己的人生故事。

　　书里还有一个让人心动的地方，就是贝丝与家人和伙伴的生活。那是一种已经距离我们现在喧嚣繁华已经很远了的生活。他们自给自足，他们养鸡养牛，他们种瓜果蔬菜，他们用自己的双手创造出自己所需要的一切。他们的游戏是人与人之间的互动比赛，而不是像现在的孩子，绝大多数的时间都花在了电脑屏幕和游戏机前。没有那些惊险刺激的游戏和华丽高档的玩具，他们照样过得很快乐。

　　好的故事会让人反思自己的生活。就像古语云，以人为镜可以知得失。

　　贝丝丫头绝对是一面很好的镜子。

　　独一无二的贝丝丫头，可以是好的伙伴，好的女儿，好的姐妹，有朝一日，她也会是一个很好的母亲。

　　我真想有这样的一个丫头为伴！